| 장루이 미스터리 픽스토리 | 1907 |

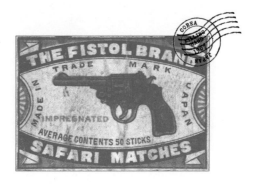

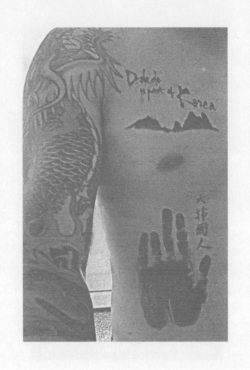

| 장루이 미스터리 픽스토리 | 제2권 |

1907
일몰

장루이 지음

| 장루이 미스터리 픽스토리 | 제2권 |

1907
일몰

장루이 지음

달아실

이 소설은 픽스토리(Ficstory=Fiction+History)입니다.
역사적 사실에 기반을 두었지만, 작가의 상상으로 창작된 것이며, 일부 등장
인물과 단체는 가상으로 사실과 다름을 밝힙니다.

| 차례 |

프롤로그

고종 황제가 조선의 왕으로서 44년, 대한제국의 황제로서 11년째 되는 해. 순종 황제의 즉위 원년. 청의 광서제가 33년째 재위 중인 해. 일본의 메이지 천황이 40년째 자리를 지키고 있는 해. 바로 1907년이다. 1907년에 벌어진 우리가 알고 있는 역사적 사건들이라면 아마도 이런 정도일 것이다.

1907년 2월 국채보상운동이 있었다. 일본은 청일 전쟁이 있던 1894년부터 1906년까지 조선에 네 차례에 걸쳐 1,150만 원의 차관을 제공했는데 이는 모두 일본이 조선에 재정 담당으로 붙여놓은 일인 관리에 의해 주도된 것이었다. 이런 일본의 차관은 (일본의 의도대로) 조선의 경제를 일본에 예속시키는 결과를 가져왔다. 이를 깨기 위해 민족의식을 고취하는 책들을 출판하던 광문사의 사장 김광제와 부사장 서상돈이 2월 중순 대한매일신보에 '국채를 갚지 못하면 조선이 망하니 2천만 인민이 3개월 동안 담배를 끊어 그 비용으로 해결하자'는 발기문을 올렸다. 이후 제국신문, 만세보, 황성신문 등에 잇따라 보도되면서 전국적으로 국채보상 운동의 물결이 일었다. 20여 개의 국채 보상 단체가 생겨났고 고종도 금연할 것을 밝혔다. 이 운동은 지식인, 민족자본가, 관리층뿐만 아니라 상인, 노동자, 인력거꾼, 기생, 백정까지도 참여했으며 부녀자들은 자신의 패물을 모금소에 보냈다. 일본은 이런 움직임이 통치에 저항하는 것이라 판단하여 대한매일신보의 양기탁과 배설(E. T. Bethell)을 구속하였는데 죄목은 의연금 횡령이었다. 재판에서 무죄를 선고받기는 했으나 재판이 진행되는 동안 운동의 열기가 식었고 운동은 실패하였다. 비록 성공하지는 못했으나 나라의 주권 회복을 온 국민이

염원한다는 사실을 증명하였다.

1907년 4월 비밀 결사 단체인 신민회가 생겼다. 국권 회복을 목적으로 안창호가 발기하고 김구, 노백린, 박은식, 신채호, 안태국, 양기탁, 유동열, 윤치호, 이갑, 이강, 이동녕, 이동휘, 이상재, 이승훈, 이시영, 이회영, 전덕기, 조성환, 최광옥 등이 참가하였다. 점차 전국적 규모의 애국계몽단체로 커졌는데, 입회시 생명과 재산을 국권 회복을 위해 바치겠다는 서약을 하였고, 비밀을 지키기 위해 자신 외의 회원은 2명 이상 알지 못하도록 점조직으로 운영되었다. 신민회는 각종 학교를 세우고 계몽강연회를 개최했으며 출판사업을 통해 애국심을 고취하였다. 후에는 해외에 독립운동 기지를 설립하기도 했다.

1907년 5월 고종이 헤이그에 비밀 특사를 파견했다. 2년 전에 있었던 을사보호조약은 조선의 외교권과 통치권을 일본에 넘기는 내용이었는데 고종은 이를 인준하지 않고 이 조약의 부당함을 세계에 알리고자 했다. 1906년 러시아의 니콜라스 2세가 일본이 모르게 고종에게 만국평화회의 초청장을 보냈고 이에 고종은 이상설, 이위종, 이준 등을 특사로 파견하였다. 이들은 헤이그에서 본부를 설치하고 일본 침략의 부당성을 세계만방에 호소하였다.

1907년 7월 헤이그 밀사 사건을 구실로 일본이 고종을 강제 퇴위시켰다. 이를 반대하는 군중 시위가 벌어지고 19일 대한제국 군인 100여 명이 군중들과 합세하여 종로경찰서를 습격했다. 이때 일본 경찰과 상인들이 다수 사망하였는데 이에 놀란 일본은 대규모 반란을 막기 위해 서울로 병력을 집결시키고 31일 군대 해산을 명하는 칙령을 순종에게 반포케 하였다.

1907년 8월 1일 강제 해산이 이루어지는 도중 대대장 박승환이 자결하자 군인들이 무기고를 부수고 봉기하였다. 병영을 중심으로 일본군과 4시간 동안 전투를 벌였다. 5일에는 원주 진위대가 해산을 거부하고 무장 항쟁을 시작했다. 27일에는 순종황제가 즉위했다.

1907년 9월 이인영을 중심으로 전국적인 의병 조직이 만들어지기 시작했다. 각 도의 의병들을 한 곳으로 모아 서울을 탈환하는 것이 목표였는데 3,000여 명의 군인들도 합세하고 있어 거대한 세력이 모일 준비를 하고 있었다.

이런 소용돌이 속에서 정작 우리가 모르고 있는 1907년의 한 사건이 있었다. 그것은 쓰나미가 되어 향후 조선과 일본의 운명을 바꿀 수도 있는 거대한 음모였다.

주요 등장인물

홍지명(洪至命)

1871년 출생. 1907년 현재 37세. 함경도 포수 홍달식의 외아들. 고고조부는 대호 다섯 마리를 잡아 조정에 바친 공으로 절충(折衝)의 벼슬을 얻었고, 고조부는 열 마리를 바쳐 가선대부(嘉善大夫)의 벼슬을 얻기도 하였다. 지명의 아버지 홍달식 또한 그 이상을 조정에 바쳤는데, 그는 어떤 벼슬도 마다한 채 포수로서 생을 마감했다. 홍달식은 아들이 대를 이어 포수로 살기를 원했지만, 홍지명은 1895년 대한제국 최초의 지방 군대인 진위대(鎭衛隊)에 입대하여 군인의 길을 걷는다.

민재영(閔再榮)

1875년 출생. 1907년 현재 33세. 원래 춘천 관노(官奴)의 딸이었다. 여덟 살이 되던 해 부모는 전염병으로 죽고 춘천 유수(留守)가 데리고 있었다. 명성황후의 친척이었던 춘천 유수는 임오군란으로 도피 생활을 하고 있던 명성황후에게 재영을 시종으로 보낸다. 명성황후는 그녀의 총명함을 아껴 환궁 후에도 궁녀로 만들지 않았으며, 친히 '민재영(閔再榮)'이라는 이름을 내리고 신학문도 배우게 했다. 1895년 명성황후가 일본 낭인에 의해 시해당할 때 황후의 곁을 끝까지 지켰으며, 구사일생으로 살아남았다.

메이지 천황(明治天皇)

1852년 출생. 1907년 현재 56세. 일본의 제122대 천황(재위: 1867년 1월 30일~1912년 7월 30일)이며 휘는 무츠히토(睦仁)이다. 15세의 나이로 일본의 122대 천황이 되면서부터 그는 파란의 세월을 헤쳐 왔다. 몰락한 천황가는 누구의 주목도 받지 못하며 곤궁 속에 살아야 했다. 하지만 그에게는 왕정복고라는 천지개벽의 행운이 따라왔다. 새롭게 권력을 잡은 젊은 무사들의 압력을 견디지 못하고 1867년 10월 14일 15대 쇼군(將軍) 도쿠가와 요시노부(德川慶喜)가 재위 일 년 만에 국가 통치를 포기하고 통치권을 천황에게 바친다는 대정봉환(大政奉還)을 선언했다. 물론 개혁파에게 어쩌면 어린 천황이야말로 조종하기 쉬운 꼭두각시로 보였는지도 모른다. 하지만 천황은 그런 그들과 겨루면서 때로는 강경하게 때로는 부드럽게 국가의 최고 지도자로서의 위치를 조금씩 다지며 쌓아나갔다. 이제 그는 일본 국민의 신이고 모든 권력의 정점이었다. 그러나 그는 자신의 권력이 더욱 견고해져야 한다는 것을 알고 있었고 바야흐로 이에 저항하는 자들은 누구라도 베어버릴 참이었다.

이토 히로부미(伊藤博文)

1841년 출생. 1907년 현재 67세. 45세에 초대 총리에 올랐고, 정계의 중심에서 물러난 후에는 조선통감부 초대 통감이 되어 한국 병탄의 기초를 구축하였다. 막부 말기 가난한 농부의 아들로 태어나 하급 무사의 양자(養子)가 되면서부터 그는 오로지 새 나라를 만드는 일에 헌신했다. 만일 일본이 막부 시대의 상황에 그냥 머물러 있었다면 그 역시 잘돼야 지방의 하급 관리로 평생을 마쳤을 것이다. 그는 화족(華族)이라 불리는 귀족 출신이나 지방 영주인 번주(藩主)의 가족이 아니었다. 외려 그들에게 착취당하고 종래에는 목숨까지 바쳐야 하는 피지배 계층일 뿐이었다. '도대체 그들은 왜 우대받아야 하는가?' 이것이 그의 평생을 관통하는 의문이었다. 이토는 평범한 사람들도 우대받는 세상을 원했다. 아니 어쩌면 특권 계층이 없는 세상을 원한 것인지도 모른다. 해외여행 금지령을 어기고 그가 친구들과 영국으로 밀항했을 때, 그는 보았다. 근대화된 세상과 조화로운 정치 제도를. 그곳에서는 왕도 귀족도 의회라는 기관을 통해야 권력을 행사할 수 있었다. 그리고 왕은 그냥 왕일 뿐 진짜 정치는 수상을 중심으로 한 의회의 몫이었다. 그가 외국어에 열중하고 기회만 생기면 미국으로 독일로 청나라로 다닌 것은 새로운 일본의 모습을 찾기 위해서였다. 그가 천황을 내세웠지만, 오래된 막부를 타도하는 것으로 천황의 임무는 끝났다는 게 솔직한 심정이었다.

요시히토(嘉仁)

1879년 출생. 1907년 현재 29세. 일본의 황태자이며 훗날 메이지 천황에 이어 일본의 123대 천황(大正天皇, 다이쇼 천황)에 오른다. 황태자는 어려서부터 약골이었는데, 어느 순간부터 성격도 지나치리만큼 더욱 예민해졌다. 황후의 친자식이 아니라는 걸 알고부터 황태자가 더 예민하게 변했다며 사람들은 수군거리기도 했다. 그러나 그게 무슨 상관이겠는가. 체질이 어떠하든, 성격이 어떠하든 하물며 그의 몸속에 천한 피가 흐르든 무슨 상관이 있겠는가. 누가 뭐라 한들 그가 천황의 장자(長子)이고 하늘 아래 두 번째로 귀한 존재라는 사실은 바뀌지 않았다. 황태자의 친모 나루코는 후궁이었기 때문에 자신의 아들을 키울 수 없었고, 아들을 아들이라 부를 수도 없었다. 황태자는 태어나자마자 황후에게 넘겨졌고 나루코는 그후 아들을 만나지 못했다. 황태자는 태어나면서부터 잔병이 많고 예민한 신경을 가진 아이였다.

요시코와 키요

1872년 출생. 1907년 현재 36세. 하급업무 여관(女官)인 요시코는 하루코 황후가 사가에서 데려온 궁인이다. 황태자 요시히토가 태어났을 때부터 줄곧 함께하였으며, 일찍이 부모와 떨어져야 했던 황태자에게 요시코는 시종이자 어머니이자 애인이었다. 그런 요시코가 황궁에 들어온 것은 황후와 함께였다. 요시코는 대대로 인술(忍術)을 펼치는 집안의 자손이며, 그들의 주군은 막부에 대항했던 영주였다. 막부에 의해 주군과 함께 그녀의 집안도 몰살당했을 때, 유일하게 살아남은 요시코와 그녀의 쌍둥이 동생 키요를 하루코 황후가 거두어 주었고, 두 자매는 황후의 그림자가 되었다.

5부. 엇갈린 운명

10월 17일 오전 10시. 조선통감 관저 황태자 숙소

대한제국의 대신들이 황태자를 문안하기 위해 황태자의 숙소를 방문했다. 내각 총리대신 이완용을 비롯한 대신들이었다. 황태자의 침실은 2층이었기 때문에 황태자가 내려올 동안 대신들은 1층에 대기했다.

"그런데 내 이상한 소문을 들었소."

농상공부대신 송병준이 한 손으로 입을 가리고 속삭였다.

"무슨 소문 말이오?"

송병준은 장내를 지키는 일본군 눈치를 보며 말을 이어나갔다.

"어젯밤, 큰 소동이 있었다 하오. 청국의 기예단 공연장에 화재가 났다더군요."

"뭐 나도 성 안에 화재가 있었다는 말은 들은 듯도 합니다만……."

궁내부대신 이윤용이 아는 척을 했다. 그는 이완용의 서형(庶兄)이기도 하다.

"그런데 거기에 일본군이 있었고 고위 인사가 방문했다는 거요."

"고위 인사라면?"

"황태자란 말이 있소."

좌중은 놀라움이 가득했다.

"아니, 화재가 있었다면서요?"

"화재뿐만 아니라 총성도 여러 발 울렸답니다."

"이런 변고가……."

"아무튼 밤새 시체들을 치우고 현장을 정리하는 데 수많은 일본군이 주변을 둘러싸서 다른 사람은 얼씬도 못하게 했다는 거요."

"이런 불미스러운 일이 생기다니……."

이완용은 손을 비볐다.

"그런데 말이오."

"또 뭐가 있소?"

"내 식솔 중 하나가 골목에 숨어서 봤다는데, 황태자를 호위하던 자들도 모두 시체가 됐고 황태자로 보이는 시체도 있었다는 거요."

"어떻게 그런 말도 안 되는 일이……."

이윤용의 안색이 하얗게 질렸다.

"그게 사실이라면 모든 게 끝장이오. 우리 대한제국은 물론이고 우리 역시 무사하지 못할 것이오."

이완용이 너무 놀라 어버버거리다 간신히 말을 뱉었다.

"말도 안 되는 소리. 일본군의 경비가 그리 삼엄한데……."

송병준이 입맛을 다셨다.

"그러니 내가 뭐랬소. 일본군의 호위만 믿지 말고 우리도 군을 동원해야 한다고 그리 역설하지 않았소?"

"저들이 좀 완강해야지요. 자신들의 황태자는 자신들이 지키겠다고 외려 우리보고는 함부로 나서지 말라고 합디다."

이완용이 혀를 끌끌 찼다.

그러자 송병준이 목소리를 낮춰 속삭였다.

"이 소문이 사실이라면 우리도 가만히 있어선 안 되오."

이완용이 의아한 표정으로 물었다.

"그건 또 무슨 소리요?"

"대한제국이 망하더라도 우리는 살아남아야 하지 않겠소?"

"무슨 좋은 방안이라도 있소?"

"그러니까, 우리 황제에게 간언을 드리는 겁니다. 대죄를 지었으니 어서 나라를 넘기라고 재촉하자는 거요. 안 되면 강제로라도……."

"흠."

대신들은 모두 약속이나 한 듯 고개를 끄덕였다.

"그건 옳은 말이오. 우리까지 나라와 함께 사라질 수는 없지."

그때였다. 이층에서 집사가 내려와 외쳤다.

"황태자 전하께서 내려오십니다."

속삭이던 대신들은 황급히 일어나 예를 갖췄다.

"황태자가 온다고?"

송병준이 속삭였다.

"쉿!"

계단을 천천히 내려오는 것은 분명 황태자였다. 지난 밤 잠을 잘 잔 듯 아

주 편안한 얼굴이었다.

"아침 일찍 찾아주니 감사하군요. 내 그대들의 정성을 잊지 않겠소."

황태자는 만면에 미소를 띠고 대신들에게 인사말을 건넸다.

"황공하옵니다. 전하!"

대한제국의 대신들은 일본의 황태자에게 허리를 깊이 숙여 인사를 했다.

"그런 쓸데없는 헛소문이나 퍼트리다니……."

고개를 숙여 답례를 하면서 이완용은 송병준의 정강이를 발로 찼다. 송

병준은 느닷없는 공격에 하마터면 비명이 나올 뻔했다. 이런 수모를 당하다니. 잘못된 정보를 전해준 하인을 요절내겠다고 다짐했다.

"황태자께서 오늘 이곳에 모인 대신들에게 훈장을 수여하신다 하셨습니다."

이토 통감이 훈장 수여를 공포했다.

이날 대한제국의 대신들은 모두 황태자가 내리는 훈장을 받았다. 일본이 주는 훈장은 앞으로 그들에게 부귀영화를 보장해 주는 증표나 다름없었기에 그들은 모두 싱글벙글했다.

"우리한테 훈장을 준 게 사람이 아니라 귀신인가 보네?"

"죽은 자가 살아났네 그려!"

통감 관저를 나서며 모두 한 마디씩 하면서 송병준의 어깨를 툭툭 쳤다.

"거참, 대사를 관장하다 보면 잘못된 정보도 있을 수 있는 법이오. 그나저나 전하께서 무사하시니 이 얼마나 다행이오."

송병준은 반짝거리는 훈장을 쓰다듬으며 식은땀을 닦았다.

이날 훈장 내역은 다음과 같았다.

[욱일동화 대수장]
내각총리대신 이완용

[욱일 대수장]
궁내부대신 이윤용
농상공부대신 송병준
군부대신 이병무
내부대신 임선준
탁지부대신 고영희
학부대신 이재곤
법무대신 조준용

　　대한제국의 대신들이 물러간 뒤 황태자는 이토 통감을 불렀다. 주변 사람은 모두 물러가라는 엄명이 내려졌다. 황태자는 차를 준비하던 민재영을 잠깐 살피는 듯하더니 재영에게도 잠시 나가 있으라 명했다.
　　방에는 이토와 황태자 둘만 남았다. 황태자는 안락의자에 앉았고 이토는 황태자가 의자를 권했지만 굳이 마다한 채 조금은 어색하게 서 있었다.

"어젯밤에 정말 죽는 줄 알았지 뭡니까. 천만 다행히 통감께서 신속하게 지원군을 보내주어서…… 그 바람에 이렇게 살았지 뭐요. 고마움을 어찌 표현해야 할지 모르겠소만."

황태자의 말에는 가시가 돋쳐 있었다. 이토는 고개를 숙였다.

"모든 게 제 불찰입니다. 그런 위험한 곳으로 전하를 모셨으니……."

한동안 침묵이 흘렀다. 그들은 말은 하지 않았지만 묵언 중에 이미 수많은 말들을 서로에게 날려 보내고 있었다. 이윽고 황태자가 침묵을 깼다.

"아니오. 내가 가겠다고 고집하지 않았소. 통감의 잘못이 무에 있겠소. 다만 나 때문에 억울하게 죽은 호위 무관들과 내 대역에게 큰 빚을 지게 되었소만……."

"설령 그렇다 하더라도 제가 끝까지 막았어야 했습니다. 이번 방문이 끝난 뒤 제가 천황 폐하께 죄를 청하겠습니다."

그러자 황태자가 호탕하게 웃었다.

"통감! 그럴 거까지 있겠소? 헌데 말이오, 지금 죄를 청한다는 그 말씀은 이상하게도 다르게 들리는군요."

"무슨 말씀이신지?"

"아니오. 그냥 한 번 해본 말이오. 농담이외다. 농담! 내가 살아서 귀국할 수 없을 것 같다는 그런 엉뚱한 생각이 들어서……. 하하!"

"천부당만부당한 말씀이십니다. 전하께서 무사히 귀국토록 소신, 목숨을 바쳐 호위할 것입니다."

"그래요? 그래요. 그런데 말이오. 정작 목숨은 내 측근들이 바쳤지요. 안 그런가요?"

"그들은 본시 전하의 안위를 지키기 위해 목숨을 내놓은 자들입니다. 죽어서도 영광으로 생각할 것입니다."

"그렇겠지요. 하지만 내가 살아서 서운한 자들도 많을 겁니다."

"경성에 있는 수상한 자들은 모두 체포하도록 명을 내렸습니다. 곧 흉적들을 잡을 것입니다."

"그래요? 그런데 통감, 도대체 그들의 정체가 뭐라고 생각하시오?"

"현장에서 발견된 시신들은 대부분 청에서 온 자들입니다. 그리고 러시아인도 둘이 있었습니다."

"뭐라! 조선인들이 아니고? 내 목숨을 원하는 것은 조선인들이라 생각했는데, 그게 아닌가 봅니다?"

"어제는 조선인들이 개입된 것으로 보이지 않습니다. 청나라 측과 러시아 측 움직임을 파악하고 있습니다. 물론 조선인들도 경계해야겠지요."

황태자가 손뼉까지 치며 과하다 싶을 만큼 웃음을 터뜨렸다.

"하하하! 내 한 목숨을 노리기 위해 마치 여러 나라가 연합한 것 같소. 재미있군. 재밌어!"

이토는 황태자의 과한 반응이 내심 불안했다. 혹시 무언가를 알고 있는 것은 아닌지 황태자의 표정을 살폈지만 그 속내를 알 수가 없었다.

"전하, 모든 인력을 총동원해서 이번 일의 범인들은 물론 그 배후까지 모두 잡을 것입니다. 믿어주십시오."

"그래요. 어련히 알아서 잘 하실 거라 내 믿지요. 암요. 오늘은 조선의 태황제를 만나야 하니 여기까지만 합시다. 그만 나가보시오."

이토가 방문을 나서려는 순간 황태자가 그의 뒷모습을 보며 말을 이었다.

"아, 배후라고 했나요? 맞아요. 범인보다 배후를 잡는 게 중요하지요. 이토, 꼭 배후를 밝히시오. 아니면 이번 일의 진상을 내 반드시 밝힐 것이오."

잠시 흠칫하는가 싶더니, 이토는 아무 대답도 없이 황태자 숙소를 나갔다.

이토가 방을 나가자 황태자는 재영에게 차를 다시 내오라 일렀다. 재영이 차를 따르는데 황태자가 중얼거렸다.

"이토, 능구렁이 같은 영감! 내 표정을 살피는 모습이 그야말로 가관이었어. 크크. 이번에 내 목숨을 못 가져갔으니 상심이 클 것이야. 크크크."

차를 따르던 재영이 순간 흠칫했다.

"왜? 놀랐더냐?"

"아닙니다. 제가 뭘 알겠습니까? 하지만 통감은 천황과 전하의 충실한 신하이지 않습니까?"

황태자는 찻잔을 내려놓고 재영의 손을 어루만졌다.

"충실하다 했느냐? 그래 충실 자체는 맞는 말이다. 왕은 왕대로 신하는 신하대로 자기의 역할에 충실해야 하는 것. 세상 돌아가는 이치가 그런 거다. 신하는 왕을 죽이려 하는 데 충실해야 하고 왕은 그에 앞서 신하를 죽이려 하는 데 충실해야 하지. 그건 아주 오랜 세월 반복되어 온 관습과도 같은 것이야. 그러니까 나는 말이다…… 나란 자의 운명은 말이다…… 내가 태어난 순간부터 누군가의 과녁에 올라가 있는 것이지."

방에서 물러나온 이토는 집무실로 미나미를 불렀다. 이토의 얼굴에는 노기(怒氣)가 가득했다.

"이게 어찌된 일인가!"

미나미는 순간 무릎을 꿇었다.

"각하! 죄송합니다. 우리가 당했습니다. 기예단으로 가는 도중에 황태자의 마차를 다른 마차로 바꿔치기했다고 합니다."

이토의 표정이 점점 더 험악해졌다.

"그걸 지금 보고라고 하고 있는 건가? 도대체 누가 그런 수를 쓴 것이야?"

"호위 무관들 외에도 황태자를 지키는 별도의 조직이 있는 것 같습니다."

이토는 화가 머리끝까지 치민 듯 책상을 두들겼다.

"당연하지. 아무렴 천황이 아무런 대비 없이 자기 아들을 타국에 보내겠는가? 아리스가와 쪽에 그들의 조직이 있을 것은 이미 예상한 바가 아니었나?"

"그건 그렇지만……아무래도 해군이 움직인 듯합니다."

"해군?"

"그렇습니다. 우리가 육군을 동원하고 있듯이 본국에서는 해군이 황태자 전하를 호위하고 왔습니다. 비록 황태자가 상륙한 뒤 호위 업무를 육군에게 인계했다고는 하나 저들 역시 마냥 배에서 기다리고 있었던 것만은 아닌 듯합니다."

"흠, 해군이라. 해군이었던가?"

그것은 타당성이 있는 추측이었다. 일본 해군은 급속히 성장하고 있었다. 황군은 육군과 해군으로 갈라져 있는데 서로 주도권을 잡기 위해 암투를 벌였다. 이를테면 주요한 자원과 예산을 서로 자신들이 먼저 써야 한다고 주장하며 상대의 능력을 과소평가하기 일쑤였다. 잇단 전쟁에서 일본군이 승리할 수 있었던 데에는 해군의 활약이 컸던 것은 사실이었다. 그렇다해도 서로의 입장이 달랐다. 육군의 입장에서는 육군이 땅에서 수많은 피를 흘렸지만 정작 영광은 해군이 가져간다며 불만이었고, 해군 입장에서는 육군이 해군을 대하기를 마치 자기들 휘하 부대로 생각한다며 불만이었다. 이

32

러한 입장 차이에서 시작된 육군과 해군 사이의 갈등과 암투는 도저히 한 나라의 군대라고 볼 수 없을 만큼 치열했다.

이토는 중대한 장애물을 만난 기분이었다.

"설령 해군이 개입되었다 해도 그렇게 좋은 기회를 놓치다니!"

미나미는 머리를 몇 번이고 조아렸다. 그의 이마가 바닥에 닿으며 쿵쿵 소리를 냈다.

"각하! 죄송합니다. 죽여주십시오."

이토는 의자를 획 하고 돌렸다.

"지금은 죽을 때가 아니다. 하지만 실수는 이번뿐이다. 더 이상의 용서는 없을 것이야!"

10월 17일 오후 2시. 덕수궁 태황제 별실

일본 황태자는 12시경 덕수궁을 방문하여 순종 황제와 황태자 이은(영친왕)과 함께 점심을 먹었다. 순종은 여전히 속없는 사람처럼 허허거리며 좋은 말만 하였고 순종의 동생이라는 대한제국의 황태자는 대화를 나누기에 너무 어렸다.

일본 황태자는 이 자리에서 정식으로 대한제국 황태자의 일본 방문을 요청했다.

"천황께서 말씀하시기를 '대한제국 황태자가 일본에 유학할 생각이 있다는 얘기를 들었다. 이에 대한제국 황태자가 오기를 기다리고 있다' 하셨습니다. 천황의 언명이 계셨으니 이번에 제가 확답을 가져가야 하지 않겠습니까? 대한제국의 미래를 위해서라도 결코 늦출 일이 아닌 듯합니다만, 언제 오시겠습니까?"

순종은 일본 황태자의 기습적인 질문에 매우 당황했다.

"우리 태자가 아직 나이가 어려 외국으로 나가는 것은 생각하지 못했소."

"그렇다면 천황께서 잘못된 소문을 듣기라도 하셨다는 말씀이신가요?"

일본 황태자의 연이은 질문에 순종은 난처해졌다. 주변의 대신들에게 자문을 구했다.

"어찌 이런 일이 벌어졌는가? 내가 모르는 일을 어찌 일본 천황이 알고 있다는 말인가? 혹시 자네들도 이미 알고 있던 일인가?"

그러자 대신들이 마치 기다리기라도 한 듯, 모두 입을 맞췄다.

"폐하, 아뢰옵기 황공하오나 양국의 친선을 위해 필요한 일이라 사료되옵니다."

순종은 난감했다. 대한제국의 신료라고 하는 자들마저 일본 황태자의 편을 드는 상황에서 거절할 수 있는 별다른 방책이 없었다.

"일이 이렇게 되었으니 이토 통감이 다음번 일본으로 돌아갈 때 동행하는 것으로 내 그리 고려해 보겠소."

"좋습니다! 그럼 그렇게 천황께 말씀드리겠습니다."

그것은 단순한 일본 방문이 아니고 단순한 유학도 아니었다. 대한제국의 황태자가 일본의 인질이 되는 것임을 대신들도 이미 알고 있었다. 그럼에도 불구하고 대신들 중 어느 누구도 부당함을 고하지 않았다.

일본 황태자와의 식사 자리에서 대한제국의 황태자가 일본의 인질이 되는 것이 아무 일도 아니라는 듯 대수롭지 않게 결정된 것이었다. 대한제국이 처한 현실이었고, 약자이기에 감내해야 하는 치욕이었다.

순종과의 식사가 끝난 뒤 별실로 장소를 옮겨서 일본 황태자는 오늘의 실제 방문 목적인 태황제 고종을 만났다.

"식사는 맛있게 하셨소?"

처음 마주한 고종은 아들 순종과는 달랐다. 일본 황태자는 고종의 표정을 읽으려 애를 썼지만 결코 그 심중을 읽을 수 없었다. 희로애락의 어떤 감정도 표정으로 드러내지 않는 저 사내. 고종은 가난한 왕손으로 태어나 조선의 어떤 왕도 겪지 못한, 세상의 모든 역경이라는 역경을 온몸으로 겪어낸 56세 노년의 사내였다. 29세의 일본 황태자가 청년을 지나 이제 막 장년에 접어든 절정기의 사내라면 앞에 앉은 고종은 이미 한풀 꺾인 노인이었다. 하지만 지금 고종을 마주한 황태자는 그에게서 지금까지 한 번도 경험하지 못한, 범접할 수 없는 위엄을 느끼고 있었다. 아들 순종과는 완전히 다른 차원의 인물이었다.

'이토뿐 아니라 어쩌면 나 역시 속았는지도 모르겠군.'

황태자는 순종의 어수룩한 모습마저도 연출된 것은 아닌지 문득 의심이 들었다.

"폐하. 지극한 환대에 진심으로 감사드립니다."

36

"자, 방으로 들어갑시다."

고종의 방에는 고종과 일본의 황태자가 마주 앉은 가운데 일본 측 통역관 한 사람만이 배석하였다. 내관들이 그 방 바깥을 지키고 있었으며 이토 통감을 비롯한 일행은 별도의 응접실에서 대기 중이었다.

"일본이 우리 대한제국을 위해 많은 노력을 하고 있다는 것을 짐은 익히 알고 있소. 고맙게 생각하는 바이오."

고종이 먼저 입을 열었다.

황태자는 대답 대신 고개를 숙여 예를 표했다.

"짐은 일본이 계속 좋은 친구로 남아줬으면 하는 바람이오."

"물론입니다. 폐하. 천황께서도 조선과 우리가 한 집안이라는 것을 강조하셨습니다."

황태자의 대답은 더듬거리는 어조였지만 분명 조선말이었다.

"어허, 그대가 우리말을 할 줄 아는 게요?"

황태자는 고개를 끄덕였다.

"천황가의 후계자들은 조선어를 필수로 배우고 있습니다."

"놀랍구려!"

이번에는 고종이 일본어를 구사하기 시작했다.

"짐도 아들에게 일본어를 공부하라고 하였소."

황태자는 순간 당황하였다. 자신이 조선말을 함으로써 상대를 흔들어 보려는 계산이었는데 도리어 당한 기분이었다.

"통역관은 더 이상 필요 없을 듯하니, 그대는 그만 나가 있으라."

고종은 배석한 통역관에게 일본어로 명령했다. 통역관이 난처한 듯 황태자를 바라보자 황태자는 고개를 끄덕였다. 이쯤 되면 배짱에서 더 밀리고 싶지 않은 것이 황태자의 솔직한 심정이었다. 통역관이 나가고 방에는 이제 두 사람만 남았다.

"그래요. 그대 가문의 뿌리를 찾아 올라가다 보면 아마 백제의 어디쯤이 되겠지요. 우리와 같은 뿌리로 만날 수 있을지도 모르지요. 그런데 본디 우리가 한 집안이라면 말이오……."

고종이 의미심장한 눈빛으로 황태자를 바라보았다.

"과연 누가 형이고 누가 아우일까요?"

황태자는 잠시 숨을 골랐다. 이렇게까지 훅 치고 들어올 줄은 예상하지 못했던 것이다. 그러자 고종이 말을 이었다.

"당연히 우리가 큰집이겠지요. 비록 가세가 기울어 힘은 없지만……."

고종이 잠시 틈을 보이자 황태자가 치고 들어왔다.

"그렇지요. 큰집의 가세가 기울었으니, 작은집에서 돕는 것이 당연한 일이지요. 큰집이면 어떻고 작은집이면 어떻겠습니까? 큰집의 허세와 작은집의 실세가 지금 돌아가는 형편이 아닐까 싶습니다만, 그러니 귀국도 힘을 내어 신문물을 받아들인다면 일본처럼 발전할 것입니다. 저희가 진심으로 도와드릴 것입니다."

황태자로서는 내심 통쾌했다. 고종의 허를 찔렀다고 생각했다. 하지만 고종은 여전히 무표정한 얼굴이었다. 고종의 표정에는 미동조차 보이지 않았다.

"과연 듣던 대로요. 학식이 깊고 세상 형편을 바라보는 눈이 과연 넓구려. 고마운 말씀이오. 그렇다면 내 돌려 말하지 않으리다. 그대들은 이미 대한제국의 외교권을 빼앗았고 이토는 과인을 협박하여 황제의 자리에서 물러나게 했소. 그대 말처럼 실세에 허세가 밀린 것이오. 그렇다면 이런 것이 그대들이 말하는 도움이란 것이오? 표리가 부동한 것을 도움이라 칭하고 있거늘, 지금 그것을 날더러 믿으란 것이오?"

고종의 어조는 단호했고, 일본어는 유창했다. 황태자는 자신의 심장박동이 빨라지고 있음을 알았다. 식은땀이 흐르기 시작했다는 것도 느꼈다. 찻잔을 잡으려는 손이 떨리면서 찻잔이 딸그락 거렸다. 발끝이 조금씩 찌릿해지기 시작했다. 그것은 매우 안 좋은 조짐이었다. 오랫동안 황태자를 괴롭혀 온 발작이 지금 시작되고 있는 신호였다. 하필이면 지금, 하필이면 이자 앞에서……. 그것은 의지로 막을 수 있는 일이 아니었다. 결국 황태자는 경련을 일으키면서 입에 거품을 물었다.

고종은 눈앞에서 벌어진 갑작스런 상황에서 이상하리만치 침착했다. 마치 이러한 일을 예견이라도 한 것처럼. 그런데 사실이 그랬다. 고종은 그것이 간질 발작임을 이미 알고 있었으며, 일본의 황태자가 어린 시절 어떤 상황에서 발작을 일으켰는지도 알고 있었다. 그리고 지금은 무엇보다 황태자의 혀가 말려들지 않도록 응급조치를 취하는 게 중요했다. 고종은 침착하게 황태자의 입을 벌려 자신의 손가락을 집어넣었다.

"자네까지 나오면 어떡하나!"

이토는 통역관에게 화를 냈지만 어쩔 수 없는 일이었다. 황태자가 이토

40

에게 밖에서 기다리고 있으라 명했기 때문에 이를 어기고 안으로 들어갈 수는 없는 일이었다. 응접실을 나온 이토는 애써 분을 참으며 문 앞에 대기하고 있는 상궁과 내관들을 노려보았다.

지금까지 상대해본 바, 고종은 결코 만만한 상대가 아니었다. 메이지 천황과는 또 다른 심계를 지녔음을 익히 알고 있었다. 이토가 통감으로 오면서 이중삼중으로 그야말로 물샐틈없는 감시의 장막을 쳤음에도 불구하고 고종은 비웃기라도 하듯 유유히 감시망을 피해 움직이고 있었다. 지금 조선의 궁궐은 이토의 손아귀에 있다 해도 과언이 아니었다. 이토는 궁궐 내부의 사람들을 대부분 자기 사람들로 갈아치웠고, 심지어 황제의 경호원들도 매수했다. 하지만 고종은 늘 이토의 감시망을 벗어났으며, 이토가 접근할 수 있는 선은 또한 늘 일정하게 정해져 있었다. 그 선에 이르면 더 이상 나아가는 일은 불가능했다. 마치 그 선을 지키기 위해서 앞의 접근을 허용하는 듯했다.

그러고 보면 조선인들 자체가 어쩌면 이토에게 생경한 존재이기도 했다. 이토의 상식으로 설명이 되지 않는 부분이 조선인들에게 있었기 때문이다. 내 편으로 만들기 어려울 것이라 생각한 자들은 뜻밖에도 너무 쉽게 넘어오고, 쉬울 것이라 생각한 자들은 오히려 절대 굽히지 않았다. 그런 자들은 어떠한 매수와 회유도 통하지 않고, 협박으로도 안 되고, 심지어 총칼이나 고문으로도 안 됐다.

그보다 더 이상하고 더 무서운 것도 있었다. 사무라이는 실패하면 배를 가르고 깨끗이 사라지지만 조선인들은 실패를 해도 끝까지 굴하지 않았다. 고종만 해도 그랬다. 황제에서 퇴위시키면 힘을 잃을 줄 알았는데 오히려 퇴위 전보다 더 강해진 모습이었다.

그나저나 황태자와 고종의 면담이 이토의 예상보다 길어지고 있었다. 원래 계획대로라면 차 한 잔 마실 시간이면 충분했다. 이토는 알 수 없는 불길한 예감이 들고, 까닭 모를 화가 치미는 것을 억지로 참고 있었다.

홍지명은 나무 위에 숨어서 기다리고 있었다. 덕수궁의 입구가 훤히 보이는 그곳은 황태자가 궁을 나와 관저로 돌아가기 위해서는 반드시 지나야 하는 곳이면서 적당히 굽은 길로 저격하기에 최적의 장소였다. 게다가 황태자의 시야에 더러운 것이 보여서는 안 된다며 일본 거류민단이 조선인 가옥이 있는 곳마다 홍백색의 천으로 막을 쳐서 가렸는데 그것이 외려 도움이 되었다. 가림막이 경비하는 자들의 시선을 빼앗고 있었다. 다만, 이곳은 막다른 곳으로 퇴로가 없었다. 적을 죽이는 순간 지명도 죽을 것이었다.

그의 계획은 마차가 굽이를 돌 때 속도가 줄어드는 것을 노려 황태자를 저격하는 것이었다. 이미 어제부터 황태자의 동선을 감시한 조직은 마차 행렬의 세세한 사항들까지 알아내었다. 그 정보에는 황태자가 어떤 마차의 어느 자리에 앉는다는 것까지 나와 있었다. 물론 마차 안의 황태자를 볼 수는 없었다. 하지만 지명에게 그것은 장애가 되지 않았다. 이 정도 거리라면 한 치의 오차 없이 황태자의 머리에 총알을 박을 수 있었다. 그에겐 오히려 너무 쉬운 사냥이었다.

한 시간은 족히 지난 후에야 방문이 열렸다. 통역관이 들어가더니 이내 황태자를 부축해 나왔다. 황태자는 놀란 표정의 이토에게 별일 아니다, 그저 조금 피곤할 뿐이라 했지만, 이토의 눈에 비친 황태자는 안색이 결코 좋지 않았다. 무슨 일이 벌어지긴 벌어졌는데 도무지 알 수 없는 노릇이었다.

게다가 고종이 전의를 보내 탕약까지 올리게 했다. 이토는 뭔가 꺼림칙한 느낌이 들어 그럴 필요까지는 없다며 사양하려 했지만 굳이 순종까지 나서서 만류하니 어쩔 수 없었다. 탕약이 나오는 동안 황태자 일행은 응접실에서 잠시 기다리며 쉬기로 했다. 고종은 순종에게 황태자 배웅을 맡기고 다시 방으로 돌아갔다.

고종은 자신의 엄지손가락에 선명하게 드러난 이빨 자국을 보고 있었다. 상처가 제법 깊었고, 피까지 고인 모습이었다. '그 애비는 내 나라를 삼키려 하고, 그 아들은 내 몸에 피를 내었구나.' 고종은 씁쓸한 표정을 지으며 내관을 불렀다.

"어서 상은(尙恩)을 불러오라! 급한 일이다."

곧 분주한 발자국 소리와 함께 상은이 들어왔다.

"부르셨습니까?"

그는 눈매가 가늘고 분칠을 한 것처럼 흰 얼굴에 호리호리한 체형의 사내였다. 그는 공식적으로는 내관이지만 사실 익문사의 실질적인 수장이기도 했다. 익문사라는 비밀 조직의 존재를 어렴풋이 알고 있는 사람은 있었지만, 궁중 내시부의 상선(尙膳) 밑에 있는 상은의 자리에 있는 자가 익문사의 책임자라는 걸 아는 사람은 거의 없었다. 내시부 상은은 정3품으로 내시부의 수장인 상선 다음의 자리였다.

그는 성이 홍가였으므로 궁인과 조정의 신료들은 그를 흔히 '홍 상은'이라 불렀다. 그가 궁중으로 들어온 시기는 확실하지 않다. 왜냐하면 그는 처음부터 내시가 아니었기 때문이다. 나라가 어지러워 왕과 왕비가 궁중을 떠나 피란을 다니기를 수차례 거듭하다 보니 그때그때 왕을 보필하는 사람들이 비공식적으로 들어오는 경우가 있었다. 그 역시 왕의 특명으로 내관이 되었다. 궁에 들어오기 전에 그가 무슨 일을 했는지, 어떤 사람이었는지 아는 이는 없었다. 그가 궁 안에서 내관복이 아닌 평복을 입고 있는 모습을 보았다는 소문, 포수복을 입고 있었다는 소문, 군복을 입고 있었다는 소문도 들렸지만, 정확한 실체를 아는 이는 없었다.

"암살 명령을 거둔다! 저자는 살아서 돌아가야 한다."

"폐하, 어인 분부이십니까? 이미 저격수가 준비하고 있습니다."

"아니다. 저자는 죽이는 것보다 살리는 것이 득이다. 저자는 반드시 살아서 일본의 왕이 되어야 한다. 그래야 일본이 망할 것이다. 지금부터 대한제국의 백성들은 일본의 황태자를 보호하라. 황명이다!"

황태자를 태운 마차가 기마 헌병을 앞장세운 채 궁을 나왔다. 마차가 지나는 도로 양편은 이미 일본군으로 가득차 있었다. 홍지명은 숨을 가다듬었다. 서른일곱, 아직 젊다면 젊은 나이였지만, 지명이 지나온 삶을 생각하면 무척이나 긴 질곡의 세월이요 파란만장의 세월이었다. 아버지와 함께 사냥을 다녔던 고향 함경도, 어머니의 품과 같았던 고향의 깊은 산을 떠나던 날, 그때부터 지명의 목숨은 지명 개인의 것이 아니었다. 그때 지명은 군인이 되어 나라의 운명과 함께 할 것을 결심했었고, 지금까지 그렇게 살았다. 얼마나 많은 사선을 넘나들었던가. 어쩌면 지금까지 살아 있음이 신기한 일인지도 모른다. 지명은 숱한 사지에서 살아남은 천운도 어쩌면 오늘로써 끝이라는 생각이 들었다. 이제 이 총을 발사하고 나면 성공 여부와 관계없이 일본군에게 잡힐 것이다. 죽는 것은 결코 두렵지 않았다. 죽음은 두렵지 않은데…… 지명은 지금 두려움과는 다른 어떤 감정이 죽음을 주저하게 한다는 느낌을 받고 있었다. 그러면서 민재영의 얼굴이 아른거렸다. 죽음을 주저하는 마음 그리고 그 마음 한가운데 자꾸만 떠오르는 민재영의 얼굴…… 지금 이것이 어떤 감정인지 지명은 스스로 설명할 수 없었다.

이번 거사를 시작하면서 익문사 수장인 홍 상은은 지명을 따로 불러 재영의 과거를 들려주었었다. 그녀가 어떻게 죽음의 구렁텅이에서 빠져나왔고 지옥 같은 시간을 어떻게 살아냈는지……. 홍 상은에게서 그녀의 과거를 들었을 때, 지명은 말로 다할 수 없는 아픔을 느꼈다. 지금까지 명성황후가 일본 낭인들에게 잔인하게 시해되었던 이야기는 장안의 떠도는 말로만 들었다. 그리고 그때 살아남은 궁녀는 한 명도 없다고 들었다. 그런데 그 아비규환의 생지옥 속에서 어린 재영이 살아남았다는 것이었다. 만신창이가 된 몸을 끌고 궁을 탈출하였고, 끝끝내 살아서 십수 년에 걸친 지옥훈련을 거쳐 지금의 살수(殺手)가 되었다 했다. 그녀의 손에 죽은 일본 낭인들만 해도 그 수를 헤아릴 수 없다고 했다. '만약 내가 그런 상황에 처했다면 과연 지금의 재영처럼 살 수 있었을까?' 지명은 숱한 사선을 넘나들었던 자신의 지난날을 돌아보며 그녀의 인생에 비하면 그저 일개 필부의 평범한 삶에 지나지 않는다는 생각도 했었다. 그때부터였을까? 지명의 가슴에 그녀가 조금씩 자리 잡더니 어느새 눈덩이처럼 커진 것이었다.

거사를 위해 처음 재영과 함께 여관에 들었던 그날을 떠올리면 지금도 지명은 가슴이 요동을 쳤다. 그녀는 자신에 대한 그 어떤 이야기도 자세히 털어놓지 않았지만, 문득 문득 가슴에 깊게 맺힌 한을 내비치곤 했다. 그녀의 과거를 이미 알고 있는 지명은 그럴 때마다 가슴이 저렸다. 사실 숫총각이었던 지명에게 재영은 각별한 여자였다. 여자가 자신의 품속에 안긴 것도, 자신의 품에 안겨 눈물을 흘린 것도 재영이 처음이었다. 비록 가짜 부부 행세였지만, 그날 밤 지명은 정말로 부부의 연을 맺은 것처럼 가슴이 뛰었었다.

하지만 지명은 아직도 그녀에 대한 자신의 감정이 어떤 것인지 알지 못했다. 그녀의 끔찍했던 삶에 대한 연민인지 아니면 사선(死線)을 함께 걸으며 싹튼 동지애인지 알 수는 없었지만, 분명한 것은 언제부턴가 마음 깊숙한 곳에 그녀가 들어와 있다는 것이었다. 그리고 그보다 더 분명한 감정은 그녀를 살리고 싶은 마음이었다.

그랬다. 일본 황태자 암살 지령이 내려진 이후 줄곧 지명은 그 생각으로 가득했다. '내가 죽고 그녀가 살아야 한다.' 어떡하든 그녀만은 살리고 싶었다. 그리고 지금 재영이 황태자 저격에 성공한다면 그럴 가능성은 컸다.

드디어 운명의 시간이 되었다. 그가 점찍어 놓은 지점으로 마차가 들어서고 있었다. 지명은 자세를 가다듬은 다음 심호흡과 함께 조준을 하고 이

내 숨을 멈추었다. 이제 다 되었다. 조금만, 조금만 더!

그때였다. 어디선가 돌이 날아와 그의 어깨를 정확히 맞추었다. 온몸의 근육이라는 근육이, 신경이라는 신경이, 하나의 점을 노리며 팽팽하게 긴장하고 있던 터였다. 그 긴장이 일순 깨진 것이었다. 균형을 잃은 지명은 하마터면 나무 위에서 떨어질 뻔했다. 그러는 잠깐의 사이, 황태자를 태운 마차는 굽은 길을 지나쳐 버렸다. 실패였다.

"날세. 그만 내려오게. 작전이 바뀌었다네."

나무 아래에서 평복으로 갈아입은 익문사의 수장 홍 상은이 그를 부르고 있었다.

순종은 아버지 고종의 결정을 따를 수 없었다.

"저들은 지금 태자 이은을 일본으로 유학시키라 요구하고 있습니다. 명목상 유학일 뿐, 이 나라의 태자를 일본의 볼모로 잡아두겠다는 겁니다. 이런 판국에 일본 황태자를 그냥 돌려보낼 수는 없습니다. 그를 죽이지 않는다면 볼모로 잡아서라도 우리에게 유리한 협상을 벌여야 합니다."

고종은 분노한 아들을 바라보며 생각에 잠겼다. 이래서 젊은 혈기는 일을 망치기 십상인 것이다. 나라의 일에 개인적 감정이 개입되면 백전백패였다.

"황제께서는 지금 이 나라가, 대한제국이 어떤 지경이라 생각하는가?"

아버지의 물음에 순종은 움찔하며 대답했다.

"백척간두, 금방이라도 넘어갈 수 있는 누란의 상황이라 사료되옵니다."

"아니다. 틀렸다. 우리는 이미 망했다."

고종은 씁쓸하게 말했다.

"이미 희망은 없다. 이 나라는 우리의 것이 아니라 왜놈들의 것이 되어버렸단 말이다."

"아버님!"

"나라를 망국으로 이끈 우리 이씨 가문은 이제 멸문으로써 이 땅의 백성들에게 속죄하여야 한다. 어쩌면 멸문지화(滅門之禍)로도 부족한 일일 터, 하물며 태자가 볼모로 잡혀가는 일이 무에 그리 대단한 일이란 말이냐. 이미 망국의 설움을 겪고 있는 백성들의 고난이 보이지 않느냐? 이제 우리에게 할 일이 남았다면 그것은 오직 하나다. 이 나라, 이 조선의 미래를 준비하는 것이다. 일본의 기세가 지금 천하를 등에 업은 듯 저리 등등하다고는 하나 지난 역사를 살펴보건대 한낱 벼락출세한 섬 무지렁이들에 불과할 뿐이

50

다. 세계열강들과 겨루다 보면 그 한계가 반드시 드러날 것이야. 내 오늘 일본의 황태자를 살펴본즉 심계(心界)는 결코 얕지 않으나 그 타고난 자질이 병약하고 성정이 편협함을 보았느니라. 그러니 우리가 나서서 그자를 죽인다면 그건 오히려 일본에게 유익한 일이 될 것이다."

고종은 목이 타는지 커피를 한 모금 마셨다.

"나는 이토 히로부미를 대하면서 지금까지 만났던 그 어떤 자보다 훨씬 두려웠다. 그자는 그 바닥을 알 수 없을 만큼 심계가 깊은데다 그 의지 또한 너무도 강하여 상대하기가 심히 어려웠다. 그보다 더 두려운 것은 저 일본에 이토 같은 자가 얼마나 더 있을지 알 수 없다는 데 있었다. 그런데 지금까지 내 살펴본 바, 일본에는 이토만 한 인물이 없다. 이토만 사라진다면 어쩌면 조선은 이 누란지세(累卵之勢)의 형국에서 벗어날 길이 보일지도 모를 터. 비록 그 심계가 얕지는 않지만, 일본에서 최고의 교육을 받았음에도 황태자라는 자의 언행은 가벼웠고, 그 생각 또한 내 예상을 벗어나지 못했다. 게다가 몸에 깊은 병이 잠재되어 있으니 향후에도 정상적인 생활을 하기 어려울 것이다. 그가 메이지의 뒤를 이어 일본의 왕이 되는 것이 오히려 우리를 돕는 일일 것이야."

고종은 황태자가 발작에서 깨어난 뒤 했던 말을 떠올렸다.

"이토가 이 사실을 알면 무척 기뻐하겠군요. 기회만 있으면 날 끌어내리려 하는 자인데……."

이토와 일왕이 서로 대립하고 있다? 그때부터 고종의 머리가 빠르게 돌아가기 시작했던 것이다. 이토가 차도살인지계(借刀殺人之計)를 계획했다면 고종도 어쩌면 같은 생각을 하고 있었는지도 모른다.

순종이 물러가고 잠시 후 한 여인이 고종의 별실에 들었다.

"자네가 보내 준 가배(咖啡, 커피의 음역어)는 언제 마셔도 일품이야."

"과찬의 말씀이십니다."

"그건 그렇고 명월관은 문전성시를 이룬다지?"

"저야 폐하의 뜻을 받드는 데 최선을 다할 뿐입니다."

"그런가? 하하!"

"그런데 저를 은밀히 부르신 까닭이 무엇인지?"

"그래. 내 그 얘기를 해야겠지. 황후가 아꼈던 그 아이, 재영이라 했던가, 그 아이 때문이네. 내 이미 알고 있지 않은가? 그날, 참혹했던 순간에, 그 아이가 어찌 살아남았고, 지금까지 어찌 살아왔는지……. 황명을 어길 수는 없겠지만, 그 깊은 원한을 내 모르지 않으니, 황후에 대한 복수심을 내려놓지 못한다면, 어쩌면 황명조차 그 아이의 들끓는 원한을 어쩌지 못할 수도 있음이야. 내 그것이 염려되어 자네를 부른 것이네."

"폐하, 그 점은 저 또한 모르는 바 아닙니다. 폐하의 염려하심은 당연한 일이오나, 심려를 거두셔도 좋을 듯합니다. 비록 그 원한이 뼛속 깊이 맺힌 것은 맞습니다만, 그렇다고 국가지대사(國家之大事)를 그르칠 만큼 어리석지도 않습니다. 오히려 그 어떤 사내보다 굳은 심계와 강단을 지녔고, 무엇보다 냉정하고 냉혹한 살수(殺手)로 큰 아이입니다. 심려하지 않으셔도 되실 것입니다."

"그래. 그래야겠지. 그나저나 냉정하고 냉혹하다는 말이 오히려 마음에 걸리는구나. 그 어린 나이에 꽃 대신 칼을 쥐어주었으니……."

10월 17일 저녁 7시. 조선통감 관저 황태자 숙소

"술을 가져오너라."

수행원들이 모두 나가고 황태자는 갑자기 힘이 다 빠진 사람처럼 의자에 털썩 주저앉았다. 재영은 황태자의 상태가 정상이 아니라는 것을 느낄 수 있었다. 밖에서 무슨 일이 있었는지는 몰라도 황태자는 숙소로 돌아오자마자 수행원들은 물론 눈에 보이는 누구에게든 공연한 시비를 걸고 짜증을 냈다. 그렇게 한참을 분풀이하듯 화를 내던 황태자는 그제야 분이 풀렸는지 모두 물러가라 했다. 그리고 무슨 이유인지 재영만 남으라 했다. 황태자를 그림자처럼 모시던, 아니 황태자가 그림자처럼 데리고 있던 요시코마저 나가라고 한 황태자였다. 이유가 무엇이든 상관없었다. 단 둘이 남은 상태에서 황태자가 술을 마신다는 것은 재영에게는 둘도 없는 기회였다. 이제 그의 목숨을 취할 절호의 기회가 온 것이었다.

"어떤 술로 준비할까요?"

"독한 게 좋겠다. 위스키가 있느냐? 아니 보드카가 좋겠다."

하지만 황태자가 찾는 술은 없었다. 정확하게 말하자면 경호상의 이유로 치워졌던 것이다.

"와인과 맥주뿐입니다."

54

어느새 편한 가운으로 갈아입은 황태자는 씁쓸하게 웃었다. 원래는 저녁에도 공식 행사가 예정되어 있었지만 모두 취소한 터였다.

"그들이 모두 치운 모양이구나."

"그렇습니다. 요시코가 숙소를 점검하며 위험한 물건들은 모두 내가게 했습니다."

황태자는 손가락으로 재영의 어깨를 가볍게 툭 쳤다.

"위험한 물건이라? 말해보라. 독한 술이 위험한 물건이던가?"

"무슨 말씀이신지? 저는 잘 모르겠습니다."

"정말 위험한 게 무엇인지 아느냐? 무색무취(無色無臭)의 독, 무미무향(無味無香)의 독을 아느냐? 정말로 위험한 것은 눈에 보이지 않는 법이야. 그것은 어둠 속에 깊이 숨어 있지. 그러다가 때가 되면 화산처럼 다시 살아나는 거야. 내가 정말로 죽을 운명이라면 그 누구도 그걸 막을 수는 없어. 아무리 막아도 어쩔 수가 없어. 십수 년 잠잠하던 병이 다시 발작하듯이 말이다."

"무슨 일이 있으신가요?"

"일은 무슨? 있다손 쳐도 네가 알 필요까지는 없다. 아무튼 오늘은 좀 취하고 싶구나. 그래야 잠을 잘 수 있을 것 같아."

"위스키나 보드카는 아니지만, 제가 독한 술이 있는 곳을 압니다. 가져올까요?"

"그래? 그게 무엇이냐?"

"조선의 술에도 위스키만큼 독한 술이 있습니다. 곡식으로 만든 소주인데 지하 저장고에 있는 걸 봤습니다."

"그렇다면 마셔야겠지. 네가 내 마음을 알아주는구나. 어서 가져오거라."

재영은 일층으로 내려가 주위를 살핀 후, 정원으로 나갔다. 그때였다. 그림자가 지나는가 싶더니 획 하는 바람 소리와 함께 섬뜩한 기운이 목에 닿았다. 요시코였다. 재영의 등 뒤에서 비수를 꺼낸 것이었다.

"조선 계집! 이 시간에 어디를 가는 것이냐?"

"전하께서 술을 가져오라 하셨습니다."

"건방진 년! 네년이 나서지 않아도 시중들 사람은 많다."

재영은 천천히 뒤로 돌아섰다.

순간 전해지는 서슬, 요시코는 흠칫하며 칼을 거두고 뒤로 한 걸음 물러섰다.

"네년은 아무래도 수상해. 분명히 다른 목적이 있는 것이야!"

"목적이라니? 나도 내가 원해서 이 자리에 있는 것이 아니오. 그건 당신도 잘 알지 않소. 내 비록 먹고 살 길이 막막해 이런 일을 하지만 그렇다고 황태자를 따라 일본으로 가는 일은 없을 것이오. 그러니 있는 동안이라도 나를 편하게 있게 해주시오. 당신이 내게 이러는 걸 전하가 안다면 당신에게 결코 이롭지는 않을 게요."

요시코는 의심스러운 눈초리로 재영을 쳐다보았다. 겉으로 보기에 그저 얼굴이 조금 반반하고 일본어를 조금 할 줄 아는 평범한 조선 계집으로 보이기는 하지만 그 속으로는 무언가 다른 기세를 감추고 있음을 요시코는 분명 느끼고 있었다. 하지만 지금으로서 요시코에게 재영을 추궁할 별 다른 방법이 있는 것도 아니었다.

"전하의 안전은 내가 책임진다. 조금이라도 허튼짓을 하면 내가 네년의 목숨을 가져갈 것이다."

재영은 가벼운 한숨을 쉬었다.

"나는 그저 수고비를 받아 집으로 돌아가면 그만인 사람이오. 나 때문에 문제가 될 일은 없소."

이상한 일이었다. 분명 평범한 하녀일 뿐인데, 이미 신분 확인을 하고 또 했는데, 요시코는 등을 돌려 어둠 속으로 걸어가는 재영의 모습을 보면서 이상하게도 그녀가 자꾸 눈에 거슬렸다. 별것 아닌 듯하면서도 뭔가 불길한 그런 느낌이었다. 살수만이 알 수 있는 그런 기운이 왜 저 하녀에게서 느껴지는 것인지.

지하 저장고는 황태자 숙소 옆 동에 있었다. 그곳에는 식품들과 술들이 저장되어 있었는데 재영의 물품이 숨겨져 있는 곳이기도 했다. 드디어 오늘밤 기회는 왔다. 재영은 술병들 사이에 숨겨 놓은 작은 비단 보자기를 꺼냈다. 보자기 안에는 머리핀으로 만든 단검과 작은 약병이 있었다. 백옥으로 된 머리핀은 가운데 힘을 주면 숨겨진 칼날이 드러나게 되어 있었다. 재영은 원래 머리에 있던 머리핀을 빼고 백옥으로 된 머리핀으로 바꿔 꽂았다. 워낙 검문검색이 철저해 처음 이곳으로 들어올 때는 그 무기를 가지고 들어올 수가 없었다. 그리고 약병을 들어 뚜껑을 열었다. 냄새를 맡으니 야릇하면서도 향

58

긋한 냄새가 풍겼다. 사향노루의 사향과 몇 가지 궁중 비법으로 조제된 최음제였다. 궁녀들이 승은을 입기 위해 썼던 그 약은 몇백 년을 이어 내려오는 비방이었다.

준비를 마친 재영이 소주를 들고 황태자의 숙소로 바삐 걸음을 옮기는데, 그때였다. 누군가 재영의 앞을 가로막았다.

"누구냐? 여기가 어디라고 함부로 돌아다니느냐!"

헌병대의 장교였다. 번들거리는 눈으로 아래위를 훑더니 어두운 구석으로 재영을 끌고 갔다.

"처음 보는 계집인데…… 수상한 계집이구나. 몸수색 좀 해볼까?"

재영은 곤란한 지경에 빠졌다. 어지간한 희롱은 참고 넘어가 줄 수 있으나 몸수색을 하면 자칫 그녀의 무기가 발각될 염려가 있었다.

"이보시오. 황태자께서 이 사실을 알면 목숨을 부지할 수 없을 것 같은데?"

"황태자라니, 그게 무슨 소리냐?"

"나는 황태자의 전담 시중이오. 지금 황태자의 명을 수행하고 있는 중인

데, 내게 이리 무례하게 굴다가 나중에 어떤 화를 당하려고!"

헌병대 장교는 재영의 기세에 한풀 꺾인 듯했다.

"손에 든 그것은 무엇이냐?"

"보면 모르시오? 술이오. 조선의 소주라고 하는 것이오. 황태자가 특별히 가져오라 하신 술인데, 어째 이거라도 드릴까?"

"겁이 없는 계집이구나. 좋다. 가라. 하지만 나중에 보자."

한숨을 돌린 재영이 다시 숙소로 향하는데, 그 순간 발치 아래로 작은 돌이 날아와 툭 하고 떨어졌다. 멀리 담장 아래에서 손짓하는 여인이 보였다.

"관저에 잠입하면 우리 측 누구와도 접촉하지 말고 오직 네 임무에만 충실하라!"

그것이 재영이 받은 지시였다. 재영으로서는 이 상황을 어떻게 처리해야 할지 순간 난감했다. 하지만 경비가 삼엄한 이곳에서 이렇듯 신호를 보냈다는 건 보통 일은 분명히 아닐 터. 주저할 일이 아닌 듯했다. 재영은 재빨리 여인에게 다가갔다. 재영처럼 하녀 옷을 입은 여인이었다.

"누구시오. 표식을 보이시오."

여인은 소매를 걷어 팔 안쪽 깊숙한 곳을 보여주었다. 매화꽃 한 송이가

붉게 새겨져 있었다. 그것은 단순한 문신이 아니라 화인(火印)이었다. 수국
부인회의 정식 회원이 되는 순간 몸의 은밀한 곳에 저 매화꽃 화인을 찍었
던 것이다. 수국부인회의 회원이라면 누구나 자신의 몸 깊은 곳에 심어야
했던 꽃. 그들 스스로는 그 꽃을 불꽃이라 일렀다. 한 번 꽃 피면 오직 죽음
으로만 지는 꽃이라 불렀다.

"일단 이곳에 들어오면 다른 지시는 받지 말라고 들었소."

"이건 긴급한 일이네. 황태자 암살은 취소되었네. 황명이 내려졌어. 지금
부터는 황태자를 보호하는 임무로 전환하라는 지시네."

"그게 무슨? 그런 말도 안 되는……."

"어허! 우리는 그저 명령에 복종하면 되는 것이야. 명심하게. 황태자를
일본으로 무사히 귀국시켜야 하네."

재영은 정신이 아득해져 돌아오는 내내 휘청거렸다. 이럴 수는 없는 일
이었다. 황후의 복수, 그 일념 하나로 살아온 세월이었다. 황태자를 죽여 황
후의 복수를 마무리하려 했는데, 이제 복수의 순간이 코앞에 와 있는데, 그
런데 포기하라니.

"왜 이리 늦었느냐?"

황태자는 이미 맥주를 마시고 있었다. 그런데 혼자가 아니었다. 황태자는 한 손으로는 맥주를 또 한 손으로는 기모노를 입은 여인을 품고 있었다. 요시코였다.

"요시코. 봐라, 나는 저 조선 계집이 맘에 드는구나."

황태자는 여인의 가슴에 손을 넣은 채 고개를 까닥이며 재영을 가리켰다. 요시코가 재영을 한번 쑥 훑어보았다. 그 순간이었다. 아주 짧은 순간이었지만 재영은 등줄기에 찬물을 끼얹은 듯한 느낌을 받았다. 살기였다. 그녀에게서 뿜어져 나온 살기가 공기를 타고 와 재영의 목덜미를 획 감았다.

'고수다!'

재영 역시 십수 년 동안 사람 죽이는 기술을 단련한 살수 중의 살수였고, 십 보 바깥에서도 상대방의 살기를 느낄 수 있을 만큼의 고수였다. 그런데 그 순간 재영은 잠깐이지만 무언가 섬뜩한 느낌을 받았다. 분명히 조금 전 바깥에서 만났을 때 요시코에게 느꼈던 기와는 뭔가가 달랐다. 한 사람한테서 이렇게 다른 기운이 느껴지다니.

"두 사람 이미 서로 알고 있겠지만 내 앞에서 정식으로 인사를 하는 게 좋겠다."

　무언가 어색한 공기를 감지라도 한 듯한 표정으로 황태자가 말을 이었
다.

　"인사해라. 이쪽은 요시코. 나의 누이이자 연인이지. 내 동정을 바친 여인
이거든. 요시코, 이 아이는 민재영이라고 한다. 왠지 모르게 끌려서 일본으
로 데려가려고 마음먹었지. 아, 아니지. 이미 두 사람은 알고 있었던가?"

　요시코는 황태자의 가슴을 어루만지며 고개를 끄덕였다.

　"저는 그 이유를 알 것 같습니다."

　"그래?"

　"저 조선 계집은 전하의 생모를 닮았습니다."

　그 순간이었다. 황태자의 표정이 무섭게 일그러졌다. 충격을 받은 듯 한
동안 말을 잇지 못하는가 싶더니, 벌떡 일어나 요시코의 뺨을 사정없이 후
려치는 것이었다. 너무나 뜻밖의 일이라 재영은 아무 말도 못한 채 뒷걸음
을 쳤고, 요시코의 얼굴은 금방이라도 터질 듯 붉어졌다. 요시코도 재영도
그야말로 전혀 예상치 못한 일이었다.

　"방자하구나!"

뺨을 감싼 요시코의 얼굴에 놀란 빛이 역력했다.

"당장 나가라!"

"전하! 전하! 저에게 어찌……."

"듣기 싫다. 어서 나가거라!"

어떤 상황에서도 흔들림이 없던, 철의 여인 요시코도 이 순간만큼은 마음이 상했다. 휘청거리며 방을 나가는 요시코의 뒷모습을 보면서 재영은 속으로 한숨을 쉬었다.

"미안하구나. 이런 모습을 보이다니."

황태자는 재영에게 사과를 했지만, 그의 표정은 마치 아무 일도 없었던 것처럼 덤덤했다. 방금 전 불같이 화를 내던 모습은 어디로 가고 오히려 평온한 얼굴이었다. 재영은 그 모습을 보면서 소름이 돋았다. '이자는 결코 쉬운 상대가 아니다'라는 생각이 들었다.

"전하 저도 물러가는 것이 좋겠습니다."

"아니다. 너는 신경 쓸 일이 아니다. 그저 술이나 마시자꾸나."

재영은 맥주잔 가득 소주를 따랐다.

"이건 소주라 하옵고 쌀로 빚은 술입니다. 조선의 술 중에서도 독한 편에속하지요. 평민들은 언감생심 꿈도 꾸지 못하고 오직 양반들이나 마시는 술이랍니다."

황태자는 향도 음미하지 않고 단숨에 털어 넣더니 이내 인상을 찡그렸다.

"소주라고 했더냐? 정말로 독하구나."

"그렇게 단숨에 마시면 금방 취합니다."

재영의 말에 황태자는 쓸쓸하게 웃었다.

"취하려 마시는 술이거늘! 게다가 독주는 단숨에 마셔야 하는 법이다. 그래야 고통을 느끼는 시간이 줄어들거든. 자, 한 잔 더 따르거라."

황태자는 거푸 세 잔을 더 마셨다. 원래 강인한 체력도 아니었으니 취기가 올라오고 있었다.

"이리 가까이 오너라."

이제 기회가 온 것인가. 재영은 당겨진 활시위처럼 파르르 몸이 떨리는 것을 느끼고 있었다. 머리에 숨긴 비수로 저자의 목을 찌르고 옷을 벗긴 뒤 자신도 알몸으로 죽으면 끝나는 일이었다. 이 날을 얼마나 기다렸던가. 재영의 눈에는 그날 궁에서 일본 낭인의 기습으로 죽어가던 궁녀들과 황후의 모습이 오늘 일처럼 선명하게 떠올랐다. 활활 타오르는 불구덩이 속에서 불에 타 죽어가는 황후와 궁녀들의 비명소리. 그날 이후 재영은 매일 밤 악몽에 시달렸다. 아비규환의 생지옥에서 살아남았지만, 그녀는 여전히 아비규환의 생지옥을 살고 있었다.

재영이 다가가 황태자의 품에 안겼다. 황태자는 이미 취한 듯했다. 황태자의 손이 재영의 몸을 더듬기 시작했다. 미리 준비해 둔 약을 쓰지 않아도 그는 이미 흥분하고 있었다. 재영이 바라던 바였다. 황태자의 입에서 소주의 독한 냄새가 훅 하고 풍겼다.

"너는 참으로 묘한 구석이 있어. 일본에서는 흔치 않은 미색에 어찌 보면 스무 살쯤 된 듯 또 어찌 보면 서른 살쯤 된 듯 도무지 나이를 가늠할 수 없으니……. 게다가 추천서에 나온 것 외에 네 출신에 대해 정확하게 아는 이가 없더구나. 평민 신분의 조선 계집이 일본어를 제법 능숙하게 하는 것도 그렇고. 하하. 아무렴 어떠냐. 무에 상관이랴. 내 오늘은 네 몸을 좀 봐야겠다!"

황태자가 거칠게 재영의 옷을 벗기기 시작했다.

재영은 저항하지 않았다. 오히려 황태자가 옷을 벗기기 쉽게 몸을 뒤척이며 그녀 또한 황태자의 옷을 벗기기 시작했다.

'그래, 이제 되었다. 오늘밤 너와 나 이렇게 최후를 맞이하는 것이야.'

재영에게 두 사람의 최후는 반드시 알몸이어야 했다. 알몸의 사내와 알몸의 여자가 한 데 엉켜 죽어 있다면, '치정에 의한 살인' 그 요건이 충족된 것이었다. 이성을 잃은 듯 그녀의 몸을 탐하는 데 여념이 없는 이 사내. 재영은 이제 비수를 꺼내 이 사내의 뒷목 급소를 찌르기만 하면 되는 것이었다. 짧으면 짧았던, 그러나 여자로서 버텨내기에는 너무도 험하고 고단했던 일생의 여정이 끝나는 순간이었다.

"헉, 헉!"

황태자 아니 사내는 이미 한 마리 수캐일 뿐이었다. 사내의 몸이 재영의 몸속으로 들어왔다. 뜨거운 불덩이가 재영의 깊은 동굴을 지나고 있었다.

'이 순간이다! 바로 지금이다! 죽여야 해! 죽여야 해!'

머리핀을 잡은 재영의 손이 몇 번이고 쥐었다 풀어졌다.

사내가 마침내 돌아누워 깊은 잠에 빠졌지만, 재영은 끝내 그를 찌르지 못했다. 그를 살리라는 황명이 있었고 그녀는 황명을 따라야 하는 수국부인회 소속이었다. 입술을 깨물며 치욕을 삼켜야 했다. 분루를 삼켜야 했다. 별

하나 보이지 않는 캄캄한 밤이었다. 새벽이 오려면 아직 먼 칠흑의 가을밤이었다.

그날 밤에도 어김없이 재영의 꿈속에서는 아비규환의 생지옥이 펼쳐졌다. 활활 타오르는 불구덩이 속에서 살려달라며 황후가 울부짖고 궁녀들이 울부짖는데, 재영이 아무리 다가가려 해도 아무리 손을 뻗쳐도 닿지를 않았다. 이윽고 그 불길이 재영의 몸마저 휘감아 태우기 시작하면 재영의 온몸은 땀으로 범벅이 되었다.

10월 17일 밤 10시. 경성 화교촌

"우리가 속았소."

원영인은 어이없다는 듯 씁쓸하게 웃었다.

"보란 듯이 일본 황태자 일행이 경성 시내를 활보하고 다니더군요."

청방 방주는 아무 말도 없이 화주를 따라 마셨다. 어린아이의 얼굴이 술에 취해 붉어지니 기괴한 분위기가 났다. 불길을 빠져나오느라 머리가 군데군데 타고 얼굴에도 불에 덴 자국이 있었다.

"이렇게 쉽게 이루어질 일이라면 우리에게 맡기지도 않았겠지요."

마침내 청방 방주가 입을 열었다.

"무슨 다른 계책이라도 있소?"

원영인이 묻자 방주는 가볍게 고개를 끄덕였다.

"방에 총동원령을 내렸소. 지금쯤 선발된 고수들이 달려오고 있을 것이오."

"하지만 타초경사(打草驚蛇)의 우를 범한 꼴이지 않소. 저들도 이제 경계를 더욱 더 단단히 할 겁니다. 이미 조선에 주둔하고 있는 일본군이 모두 동원되었다 하더이다."

"허허. 이보시오. 내 그리 얘기했거늘. 우리는 한 번 정한 표적을 결코 놓

69

치는 법이 없다 하지 않았소. 기다려 보시오. 내일 밤이면 놈들의 진영에 곡소리가 날 것이니."

"아니, 방주께서는 도대체 뭘 믿고 그런 장담을 하시는지⋯⋯."

"얼마나 더 말을 해야 할까? 한 번만 더 나를 믿고 오늘밤에는 그저 푹 주무시오. 들어오너라!"

문을 열고 들어온 건 홍련이었다. 생글생글 웃고 있는 그녀를 보고 원영인은 마치 귀신이라도 본 것처럼 화들짝 놀랐다. 원영으로서는 홍련이 그날 분명히 죽었을 거라 생각했던 터라 놀라지 않을 수 없었다.

"홍련이 맞는가? 살아 있었군. 살아 있었어!"

"저는 상공이 가는 곳이라면 어디든 수행해야 하는데, 어찌 그리 쉽게 죽을 수 있겠습니까? 상공이 살아 계신데 저도 살아 있어야지요. 호호."

원영인은 홍련에게서 조금은 낯선 느낌을 받았다. 어쩌면 홍련이 그동안 자신이 알던 그 기녀가 아닐지도 모른다는 생각이 문득 뇌리를 스쳤다. 기루의 기녀라 하기에는 그녀는 너무 많은 것을 숨기고 있지 않은가.

원영인이 홍련을 따라 나가자 또 다른 손님이 들었다. 중절모를 깊이 눌

러쓴 사내였다.

"우리 정보가 잘못된 점 미안하게 되었다고 통감께서 유감을 표하셨소."

"다 지나간 일이오. 나는 이미 다 잊었소. 앞으로 있을 일만 생각합시다."

"저번 암살은 비록 실패했지만 황태자의 지근거리에서 경호하던 노련한 경호원들 중 상당수가 죽은 것은 그나마 큰 성과요. 게다가 경비 대대도 병력 손실이 많았지요. 부족한 자리를 메꾸기 위해 지금 제물포의 거류민단에서 무사들을 올려 보내고 있소. 하지만 그들은 그저 칼이나 휘두르는 낭인 출신들이니 전보다는 전력이 많이 약해졌다고 봐야 하오."

사내는 방주에게 봉투를 내밀었다.

"황태자의 남은 일정과 동선이오. 이번에는 꼭 성공하시길."

방주는 봉투를 받으며 답례했다.

"걱정은 접어두고 약조만 잊지 마시라 하시오."

중절모의 사내가 가고 나서, 얼마나 지났을까. 어느새 숙소의 모든 방이 온갖 사람들로 가득찼다. 북에서 기차를 타고 온 자들도 있고 배를 타고 제물포를 거쳐 온 자들도 있었다.

"방주, 모두 모였습니다."

홍련이 보고했다. 원영인은 이미 질펀한 정사 끝에 곯아떨어진 뒤였다.

방주는 홍련을 앞세우고 후원으로 나갔다. 높은 담으로 둘러싸인 정원을 오십여 명의 사람들이 가득 메우고 있었다. 그런데 그 많은 사람들이 좁은 장소에 모여 있음에도 불구하고 쥐 죽은 듯 고요했고, 바깥에서는 결코 어떤 소리도 들을 수 없었다. 언뜻 보기에도 다양한 종류의 사람들이었다. 남녀노소가 섞여 있고 제각각 들고 있는 무기며 장비들도 다 달랐다. 어떤 사내는 칼을 차고 어떤 여자는 총을 멨으며 물고기를 잡는 그물을 어깨에 두른 노인도 있었다.

"이제 본 방의 운명을 건 싸움이 시작된다. 너희들은 대륙을 평정한 고수들이다. 이제 우리의 실력을 만방에 보여줄 때다. 준비는 됐겠지?"

그러자 모두들 주먹을 들어 손바닥에 대는 포권(包拳)의 예를 취했다. 놀랍게도 그들이 움직이는 동작에는 소맷자락 소리 하나 나지 않았다.

방주는 만족한 듯 중얼거렸다.

"경성에 천라지망(天羅地網)이 펼쳐진 뒤에도 그자가 살아 돌아가는 일은 결코 없을 것이다."

10월 17일 밤 10시. 러시아 공사관

니콜라이 파블리첸코가 들어서자 러시아 공사를 비롯한 모든 사람들이 기립했다. 그가 이곳에서 가장 높은 사람임을 증명하는 모습이었다.

"정보는?"

그러자 공사관의 무관이 즉시 보고했다.

"황태자 암살 시도는 실패했으나 일본 역시 많은 피해를 입었습니다. 제물포의 거류민단에서 보충 인원들이 오고 있습니다."

"우리 물건은?"

"저들이 수거하여 제물포의 군 기지에 보관하고 있다는 정보가 들어왔습니다. 본국에 알리지 않은 것으로 보아 이토가 다른 생각이 있는 것으로 판단됩니다."

그러더니 주춤하고 봉투를 내밀었다.

"오늘 정문으로 이 문건이 접수되었습니다."

그것은 청방 방주가 받은 봉투와 같은 모양이었다.

"준비는?"

"최정예 병사와 장교들 오십여 명이 대기 중입니다. 동원할 수 있는 화기는 모두 준비했습니다."

"제군들!"

파블리첸코가 비장하게 말했다.

"내일은 우리 모두가 죽을 각오로 싸워야 한다. 차디찬 바닷속에서, 여순
에서 일본군에게 무참히 죽어간 동지들을 생각하라!"

10월 17일 밤 10시. 봉은사

"우리는 황명을 받을 수 없소."

지월대사가 단호한 어조로 말했다.

"본래 당초는 불문의 조직이지 조정의 소속이 아니오. 어차피 이번 일본 황태자 암살 건에만 협력하고 그 다음에는 우리의 길을 걷기로 결정한 바 있소."

"대사, 지금은 모두가 힘을 모아야 할 때입니다."

놀란 눈으로 익문사 수장 홍 상은이 말렸다.

"아니오. 태황제께서는 잘못 생각하셨소. 그자를 이 땅에서 살려서 내보 낸다고 이 나라의 운명이 바뀌지는 않소. 차라리 우리 손으로 처단하여 우 리의 기개를 만방에 떨쳐야 이 나라의 미래에 도움이 될 것이오."

"저도 처음엔 그리 생각했습니다."

말을 받은 건 수국부녀회의 수장이었다.

"하지만 태황제의 뜻은 지금 우리의 표적이 된 자가 무사히 일본의 다음 왕이 되는 것이야말로 저들의 패망을 앞당기는 것이라는 겁니다."

"나무아미타불 관세음보살."

지월대사가 불호를 외우더니 벌떡 일어섰다.

"지금 왜놈들은 저들의 불교까지 이 땅에 들여오고 있소. 왜식으로 된 절을 세우고 왜승들이 들어오고 있단 말이오. 이제 조금 더 있으면 이 땅의 불교는 모두 저들의 손에 오염될 것이오. 우리 불문에서는 이를 가만히 앉아서 볼 수만은 없소."

"그렇다 해도 지엄하신 황명입니다. 불문이라 해도 황제의 신하요, 이 땅의 백성임에는 다름이 없지 않소."

홍 상은이 언성을 높였다.

"황명이라 했소? 신하요, 백성이라 했소? 우리 불문은 이 나라의 위기가 있을 때마다 나라의 부름에 응해 싸웠소. 하지만 유교에 눈이 먼 사대부들은 조선 창업 이래 지금까지 우리를 업신여기고 탄압하지 않았소. 이 나라가 지금 멸망의 위기에 처해 있는 것은 도대체 누구의 탓이란 말이오. 백성 탓이오? 불문 탓이오? 그 잘난 사대부들은 왜놈들에게 붙어 나라를 팔아먹으며 자신들의 부귀영화만 챙길 뿐이지만 우리는 아니오. 우리는 끝까지 싸울 것이오. 마지막까지 싸우다 이 사바세계를 떠나겠소."

문이 쾅 하고 닫히는 소리와 함께 당초는 연합 전선에서 떨어져 나갔다.

"곤란한 일이군요. 저들은 포기하지 않을 것입니다."

수국부녀회의 수장이 홍 상은에게 말했다.

"그렇겠지요. 저들은 원래 목숨을 가볍게 보는 승려들이니 내일은 큰 싸움이 있을 것입니다."

"어쩌면 우리끼리 싸울 수도 있겠군요."

한숨을 쉬는 수국부녀회의 수장을 보며 홍 상은은 희미하게 웃었다.

"우리는 오직 황명을 따를 뿐입니다."

"무슨 대책이라도 있으신가요?"

"태황제께서 이미 한성과 경기도의 특경들을 다 부르셨소. 그들이 우리에게 큰 힘이 될 것이오."

"상은께선 이번 황명에 대해 어찌 생각하십니까?"

홍 상은은 긴 한숨을 내뱉었다.

"나 역시 본심으로는 못마땅하오. 허나 태황제께서는 나 같은 자는 결코 비교할 수 없을 만큼 심계가 깊은 분이시오. 결코 아무 계산 없이 명을 내리실 분이 아니오. 명이 내려졌으니 따르는 일밖엔 더 생각할 게 없지요."

"그렇겠지요? 저 또한 상은의 마음을 이해할 수 있을 듯합니다."

수국부인회의 수장은 보일 듯 말 듯 미소를 지었다.

"그분께서는 이제 더 긴 호흡으로 승부를 보시려는 듯합니다."

"그렇죠. 아주 긴 호흡이 될지도 모르지요."

절 밖에는 마차가 대기하고 있었다. 기다리고 있던 마부와 중년의 부인
이 수국부인회 수장에게 고개를 숙였다.

"본부로 돌아가세."

마차는 달그락 거리는 소리와 함께 허허벌판의 어둠 속으로 사라졌다.

10월 17일 밤 12시. 조선통감 관저 이토의 숙소

일흔을 바라보는 나이였지만, 통감의 침실에는 언제나 여자가 있었다. 이토 히로부미는 천한 출신에도 불구하고 신군부의 실세가 되어 메이지 천황을 세우고, 일본의 역사를 바꾼, 일본 역사상 손에 꼽는 대정치가요 천하의 영웅이었다. 하지만 한 사내로서 이토 히로부미는 젊은 시절부터 하루라도 여자가 없으면 잠을 이루지 못하는 호색한이기도 했다. 그의 아내 역시 이토의 그런 사실을 진작부터 알고 있었지만 자신의 몸이 부실한 탓에 알면서도 모른 척 했고, 사저든 관저든 그의 저택에서 일하는 대부분의 여자는 밤이 되면 그의 잠자리 상대가 되어야 했다.

조선통감부 관저 통감의 침실에는 매일 다른 여자들이 번갈아가며 드나들었고 경비병들 역시 그 사실을 익히 알고 있었다. 다른 경우라면 통제를 엄격히 하겠지만, 아무래도 통감의 여자 문제라 얼굴을 아는 경우 경비병들은 통감의 침실로 드나드는 여자들을 통제하지 않았다.

그런데 그날만은 예외였다. 어쩐 일인지 통감은 어떤 여자도 침실로 들이지 않았다. 일본에서 데려온 게이샤도, 조선에서 고용한 풍만한 여종들도 들이지 않았다. 오직 중절모를 쓴 사내 하나만이 통감의 침실에 은밀히 들었을 뿐이었다.

"그래, 이상 없이 다 전달했겠지?"

이토가 담배 연기를 뿜으며 물었다.

"분부하신 대로 전부 처리했습니다."

"내일 하루밖에 시간이 없다. 내일은 무슨 일이 있어도 끝을 봐야 해."

중절모의 사내는 떨리는 목소리로 물었다.

"이 중대한 일을 청과 러시아 놈들이 잘 해낼 수 있을까요?"

"내가 아는 한 그들은 믿을 만한 자들이야. 우리의 군대보다 훨씬 유능해. 그리고 무엇보다 그들만 있는 게 아니니까."

"그 말씀은……. 그럼, 조선 놈들에게 기대한다는 말씀이십니까?"

"그래. 분명 그들도 가만있지는 않을 거야. 다만……."

이토는 순간 이맛살을 찌푸렸다. 고종과 황태자 단 둘이 있었던 그 일이 자꾸 마음 한 구석에 걸린 탓이었다. 그것은 그리 긴 시간이 아니었다. 게다가 둘은 그날 처음 만나는 사이였고 서로의 입장도 분명 달랐다. 분명히 걱정할 일이 아니었다. 그런데도 이토는 자꾸만 그 일이 신경에 거슬렸다.

"조선이 움직인다면 두 나라 놈들보다 치밀하고 효과적이겠지. 그런데 말이야. 조선이 대놓고 우리에게 적대감을 표하는 것도 어려운 일이란 말이

80

지.”

“조정의 인물이 아닌 자들을 하수인으로 쓰겠지요.”

“그래. 그렇겠지. 누가 있을까?”

“정보에 의하면 태황제에게 충성하는 비밀 조직이 존재한다고 합니다. 그들은 정체를 숨기고 어둠 속에서 요인 감시나 암살을 자행한다는 보고입니다.”

이토는 팔짱을 끼고 어둠 속 한 곳을 노려보았다.

“아직 전모를 파악하지는 못했으나 이번 기회에 그들의 비밀 조직을 모두 일망타진해야 한다. 그래야 우리의 앞을 가로막는 자들이 더 이상 날뛰지 못할 것이야……. 그만 나가보게.”

비서가 나간 것을 확인한 이토는 조용히 벽을 보고 말했다. 그곳은 책들이 가득한 책장이 있는 곳이었다.

“들었느냐? 너는 나의 마지막 승부수다.”

방은 어둡고 고요했다. 아무 소리도 들리지 않았다. 하지만 이토는 아랑곳하지 않고 계속 말을 이어갔다.

"모두가 실패한다면 네가 마지막에 처리해야 한다. 확실하게!"

"알겠습니다."

분명 여자의 목소리였다. 그날 이토의 침실에 여자가 들지 않았다는 경비병의 보고는 틀린 것이었다.

"성공하면 널 영국으로 보내줄 것이다. 그곳에서 너를 버리고 새롭게 태어나 살면 된다."

"내일은 뵐 수 없으니 이게 마지막 인사가 되겠습니다."

벽 속의 여자가 사라지고 다시 정적이 찾아왔다. 이토는 일어나 창밖을 보았다. 황태자의 방은 불이 꺼져 있었다.

이토는 깊은 생각에 잠겼다. 벽 속의 여자가 찾아든 것은 이토로서도 뜻밖의 일이었다. 경비망을 뚫고 침실까지 들어와 자신의 목에 비수를 들이댄 여자의 얼굴을 확인했을 때, 천하의 이토라 해도 놀라지 않을 수 없었다. 하루코 황후가 그런 안배를 했다는 사실에 소름이 돋았다. 자기 외에 더 이상의 안배는 없다고 했지만 천황과 황후가 또 어떤 안배를 했을지 알 수 없는 노릇이었다. 어쨌든 뜻하지 않게 찾아든 벽 속의 여자는 이토에게는 그야말로 천운이요, 하늘이 도운 셈이었다. 당연히 황태자로서는 최악의 상황이 된 셈이었다.

"이렇게 많은 안배를 했는데도 그대가 살아난다면 그건 그대가 정말로 다음 천황이 될 운명이기 때문이겠지. 하지만 절대 그리 되지는 않을 것이야."

하늘은 맑고 수많은 별들이 반짝이는 가을밤이었다. 어디선가 귀뚜라미가 울기 시작했다. 이토는 창가에 서서 떠날 줄을 몰랐다. 마치 그날 밤이 자신에게 마지막 밤이라도 되는 것처럼.

6부. 마지막 승부

10월 18일 오전 10시. 남산

"보이는 저 곳이 앞으로 대일본제국의 수도가 될 곳입니다."

이토는 황태자에게 다소 과장된 어조로 말했다. 통감 관저에서 언덕 위로 조금만 올라가면 경성 시내가 한눈에 들어오는 자리에 정자가 있었다. 황태자는 바쁜 일정 속에서 잠시 시간을 내어 쉬는 중이었다.

"그런가요? 그런데 그건 통감의 생각이오? 아니면 천황께서도 인가하신 것이오?"

이토는 헛기침을 했다.

"비록 이 문제를 공식적으로 거론한 바는 없지만 모두들 그렇게 생각하고 있을 겁니다. 우리의 도시들은 모두 화산과 지진의 위험 속에 세워져 있습니다. 하지만 이곳, 한성은 보시다시피 산으로 둘러싸인 천혜의 방패막이에 커다란 강까지 흐르고 있는 명당이지요. 게다가 화산이나 지진과도 무관한 곳이니 천년 제국의 수도로서 손색이 없습니다. 이제 제국이 중국으로 진출하여 그곳 역시 우리의 영토가 되면 본국과 중국을 잇는 이곳에 수도를 세우는 것이 가장 합리적이지요."

"무슨 생각인지는 알겠소만 이곳은 조선인들의 땅이오. 과연 그들이 그렇게 호락호락 우리에게 넘어올까?"

"조선에 오셔서 보셨잖습니까? 저 무지몽매한 백성들은 전하의 행차를 보기 위해 길마다 빽빽이 늘어서서 환호를 보냈습니다. 지배층이란 자들도 우리의 눈치를 보느라 벌벌 떨거나 천황과 황태자께서 내려주시는 훈장을 받으려고 기를 쓰지요. 사실상 조선은 이미 우리의 땅입니다."

"난 통감의 그런 생각이 좀 걱정스럽소. 너무 급하게 일방적으로 밀어붙이다 보면 반드시 부작용도 생기는 법이오. 조선은 수천 년의 역사와 문화가 있는 나라인데 한때 힘이 약해졌다고 그리 쉽게 우리에게 귀순하지는 않을 것이오."

"그럴 수도 있겠지요. 하지만 전하, 이제 천운은 우리 일본 제국의 것입니다. 조선뿐만 아니라 중국 역시 우리의 영토가 될 것입니다. 그리되면 우리 일본은 아시아의 지배자가 되고 유럽의 열강과 미국 못지않은 대국이 되는 것입니다."

"내가 그런 생각을 거부하는 건 아니오. 하지만 우리 일본은 이제 막 일어서기 시작했소. 조금 더 여유를 가지고 일을 진행하지 않는다면 반드시 문제가 생길 것이오."

86

이토는 자신의 말에 끝까지 토를 다는 황태자를 빤히 바라보았다. 어쩌면 저리도 제 아버지와 다른 것인지. 황태자는 아버지를 전혀 닮지 않았다. 지금 같은 상황에서도 천황은 황태자와 달랐다. 자신의 생각과 맞지 않는다 해도 천황은 그 자리에서 바로 자신의 생각을 표현하지 않았다. 천황은 무슨 말을 하든 그에 앞서 열 번 아니 그 이상을 생각했다. 그리하여 치밀하게 계산되어진 말만이 그의 입을 통해서 나왔다. 그것은 혹독한 고통과 고난의 시절을 견뎌낸 자만이 가질 수 있는 신중함이었다. 이토와 메이지 천황은 의견이 맞을 때도 있었지만 그렇지 않을 때도 많았다. 하지만 결코 마지막 파국까지는 가지 않았다. 이견이 있을 때면 충분한 시간을 두고 숙고하였고, 마침내는 합의점을 찾아내며 지금까지 왔던 것이다. 그 과정에서 정치적인 흥정과 양보는 필수였다.

하지만 황태자는 달랐다. 물론 아버지와는 달리 황태자는 태어나기를 경쟁자가 없는 장자로 태어났으며 그런 연유로 그는 어릴 때부터 거칠 것이 없었다. 아버지의 신하들은 그의 신하들일 뿐이었고 제국은 가만히 있어도 그에게로 넘어오게 되어 있었다. 이토는 겉으로는 황태자의 병약함과 히스테리를 문제 삼았지만 실은 황태자의 오만함을 두려워했다. 이토가 꿈꾸는 제국은 입헌군주국이었다. 천황은 지도자로서 군림할 뿐이고 정치는 신하들이 의논해 다스리는 그런 합리적인 나라를 원했다. 그러기 위해서 이토는 황태자의 죽음을 원한 것이었다. 황태자는 전제군주의 면모를 모두 가지고 있었다. 그것은 자칫하면 그와 동료들이 평생을 거쳐 이룩해 온 제국을 한 순간에 무너뜨릴 수도 있는 폭탄과도 같은 것이었다. 이토로서는 제국의 미래를 위협하는, 본인이 꿈꿔 온 입헌군주국의 실현을 위협하는, 폭탄과도 같은 황태자를 어떡하든 제거해야만 했다.

그리고 드디어 오늘 밤이면 이토의 인생에서 최대 걸림돌인 황태자가 사라질 것이다. 황태자를 바라보던 이토의 눈이 잠시 희번덕이었다.

"무슨 생각을 그리 깊게 하는 것이오?"

"아, 아닙니다. 이제 그만 내려가시지요."

정자를 내려온 황태자와 이토는 일본군 주둔지를 시찰했다. 수많은 장교들과 사병들이 황태자를 위해 각종 훈련을 선보였다. 군대의 기동 훈련을 보면서 마냥 즐거워하는 황태자를 보면서 이토는 또 다시 우울했다. 군주라면 무릇 군무보다는 학문과 정치에 매진해야 한다. 그것이 이토의 생각이었다. 그래, 저자는 제거해야 하는 게 맞다. 천황에게는 자식을 잃는 일이니 인간적으로 안된 일이지만, 일본의 미래를 위해서라면 황태자는 반드시 제거되어야 한다. 이토는 다시 한 번 마음을 다잡았다.

다시 숙소로 돌아왔을 때 거류민단 대표들의 방문이 있었다. 그들은 황태자에게 각종 진상품을 바쳤다. 진상품들 중에는 사진첩들과 고서들도 있었는데, 그중에서 특히 눈에 띄는 것은 한 자루의 고검이었다. 황태자는 특별히 그 검에 관심을 보였다.

"이것이 조선의 검인가?"

금과 은으로 장식된 화려한 검집에는 '사진참사검(四辰斬邪劍)'이라는 글자가 박혀 있었다. 스르릉 검을 뽑으니 길이가 사람 키만큼이나 되었다.

"이렇게 긴 칼을 실제 싸움에서 쓸 수는 없겠지?"

"전투용이 아니라 조선 왕실에서 내려오는 보검입니다."

거류민단의 단장이 설명했다.

"조선의 왕실에서는 호랑이(寅)의 기운을 네 겹으로 받는다 해서, '호랑이 해(寅年), 호랑이 달(寅月), 호랑이 날(寅日), 호랑이 시간(寅時)'에 만든 검을 사인검(四寅劍)이라 하고, 용(辰)의 기운을 네 겹으로 받은 것을 사진검(四辰劍)이라 합니다. 그러므로 이 검은 '용의 해(辰年), 용의 달(辰月), 용의 날(辰日), 용의 시간(辰時)'에 만들어진 검입니다. 이것을 집안에 두면 온갖 사악하고 부정한 기운을 물리친다는 보검이지요."

"그런가? 하지만 정작 싸움에서는 쓸모가 없지 않은가……. 검신도 이리 찰랑찰랑 하니 얇고 말이야."

"그렇다 해도 전하, 그것은 조선을 상징하는 보검입니다."

이토가 거들었다.

"조선을 창업한 이성계가 고려의 마지막 왕을 베었다는 전설이 있지요. 고려의 왕족인 왕씨는 용의 자손들이었기 때문에 세상 어디에도 그들을 죽일 수 있는 무기가 없었다고 합니다. 그런데 이성계가 이 검으로 그 용의 자손을 죽임으로써 새로운 왕이 될 수 있었다는 전설이 내려옵니다."

"그래요? 흥미로운 전설이군요. 여기 이 글은 또 무언가?"

황태자는 검신에 새겨진 글자를 천천히 읽어 내려갔다.

"건강정 곤원령(乾降精 坤援靈)이라, 하늘은 정(精)을 내리고 땅은 영

(靈)을 도우니…… 일월상 강전형(日月象 岡澶形)이라, 해와 달이 형상을 갖추고 산천이 형태를 이루네? 휘뢰전 운현좌(撝雷電 運玄坐)라, 천둥과 번개가 몰아치고 샛별이 움직이니…… 추산악 현참정(推山惡 玄斬貞)이라, 산천의 악을 물리치고 현묘(玄妙)한 도리로써 베어 바르게 하라? 글자 그대로 읽을 수는 있겠는데 그 숨은 뜻을 알기는 쉽지 않구만."

황태자의 얼굴에 묘한 웃음이 번졌다. 검신에는 글자 외에도 북두칠성을 비롯한 각종 별자리가 새겨져 있었다. 그 문양을 마저 훑어보던 황태자는 무심한 듯 검을 다시 검집에 넣더니 던지듯이 재영에게 건네는 것이었다.

"옜다, 조선의 검은 조선인이 모셔야겠지. 이제부터 네가 이 검을 품고 모시도록 하라!"

얼떨결에 재영은 검을 건네받았다. 순간 등 뒤에서 살기가 풍겼다. 재영은 돌아보지 않아도 그것이 요시코에게서 나오는 살기임을 알 수 있었다. 언제부턴가 요시코는 노골적으로 재영에게 살기를 보냈는데, 그 살기가 그때그때 느낌이 다른 것에 재영은 은근히 신경이 쓰였다. 재영 또한 살기를 한 번 보내볼까도 싶었지만 지금은 때가 아니었다.

"비록 지금까지 조선의 검이었으나 이제 나의 것이 되었으니, 또한 일본의 검이 되었구나. 이제부터 너는 나의 검을 모시는 시종이렸다! 그 검이 어찌 쓰일지 내 볼 것이야! 조선의 검이 될지 일본의 검이 될지 말이다!"

황태자는 유쾌한 듯 크게 소리 내어 웃었다. 민재영은 아주 찰나였지만 그 순간 소름이 돋는 듯한 묘한 느낌을 받았다.

'이자가 혹시? 내 정체에 대해 뭔가 눈치라도 챈 것일까?'

하지만 지금껏 눈치를 챌 기미를 보인 적이 없지 않은가. 게다가 그가 눈치를 챘다면 그냥 있을 까닭이 없었다. 순리대로 생각하려 했지만 이상한 노릇이었다. 재영은 설명할 수는 없지만 무언가 꺼림칙하다는 느낌을 지울 수가 없었다.

황태자는 기분이 한껏 좋아졌는지 일본의 거류민단과 친일 단체 등에 거액의 하사금을 내렸다. 물론 하사금의 용도는 일본을 본떠 조선을 발전된 나라로 만드는 데 쓰는 것이었다.

점심에 맞춰 대한제국의 황태자가 황태자 숙소를 방문하였다. 황태자는 조금은 과하다 싶을 만큼 요란하게 대한제국의 어린 황태자를 맞았고, 그보다 더 요란하게 떠들며 함께 식사를 했다. 4시경이 되자 일본 귀족들도 모두 자기 숙소로 돌아갔다. 어느 틈엔가 이토는 보이지 않았다.

10월 18일 오전 11시. 명월관

덕수궁과 조선통감부로 이어진 사잇길로 언제부턴가 제법 많은 요릿집과 기생집들이 들어섰다. 한때는 양반들이 살던 한옥 건물들이 요릿집으로 기생집으로 하나둘 바뀌더니 이제는 거의 대부분이 요릿집과 기생집으로 바뀌었다. 물론 그곳들은 하나같이 한성의 많은 공공 기관들에 근무하는 자들, 돈과 권력이 있는 인사들을 위한 장소였다. 예나 지금이나 본시 힘 있는 자들의 회동은 대개 비밀을 요구하는 경우가 많은 법이고, 남의 이목을 끌지 않으면서 술자리를 할 수 있는 기생집은 그런 점에서 최적의 장소였다.

방귀 꽤나 뀐다는 양반들이 살던 한옥은 일단 대문을 닫으면 그 안은 비밀이 보장되는 공간이었다. 세상이 변하면서 변화에 제때 대처하지 못한 양반들이 하루아침에 몰락하여 길거리에 나앉곤 했다. 그들은 대체로 일본인들의 고리대금을 잘못 써서 그런 변을 당했는데, 그런 집들은 곧 매물로 나왔고 나오기 무섭게 팔렸다. 그런 몰락한 양반의 집을 사는 이들 중에는 기생들이 운영하는 권번(券番)도 있었다. 권번은 기생들의 조합이면서 기생집이기도 했고, 또한 기생들을 교육시키는 교육 기관이기도 했다. 당시 기생들은 조선에서 가장 먼저 신식 문물을 접할 수 있었고 또한 저항감 없이 이를 받아들일 수 있었다. 어떤 기생은 노래를 취입하여 하루아침에 유명

94

인사가 되는 일도 있었다.

"장안에 미녀를 보려면 명월관(明月館)으로 가라!"는 말이 공공연하게 돌 정도로 유명한 기생집이 명월관이었다. 명월관은 다른 기생집들과는 달리 현대 문물을 빨리 받아들였고, 외국인과 일본인 그리고 개화한 신식 신사들의 취향에 맞춰 서비스를 제공했다. 그 말은 전통 한복을 입은 기생들과 최신 양장을 한 여인들까지 그곳으로 가면 모두 만날 수 있다는 뜻이었다. 술도 조선의 모든 술은 물론 제물포를 통해 들어온 양주와 와인도 구비되어 있었다. 이 대단한 업소는 밤이면 돈푼 좀 만진다는 사람들로 인산인해를 이루었다. 저녁놀이 질 때쯤이면 곱게 화장을 한 여인들이 하나둘 가마나 인력거를 타고 출근을 했다. 안으로 들어가 술손님이 될 만한 돈은 없지만 미인들의 얼굴이라도 한 번 보겠다며 몰려든 구경꾼들이 골목골목 숨어서 훔쳐보는 가운데 장안에 명성이 짜르르한 기생들이 저마다 화려한 입성을 뽐내며 들어갔다. 그러고 나면 본격적으로 손님들이 몰려들었다. 워낙유명한 곳이라 미리 예약을 하지 않으면 대문에서 퇴짜를 맞기 십상이었다. 나라가 망하건 말건 밤마다 돈을 쓸 준비가 된 술꾼들은 항상 줄 서 있었다.

하지만 지금은 기생집으로서는 이른 시간이었다. 간밤의 질펀한 술자리들의 여운이 미처 가시지도 않은 시간이었는데, 명월관의 가장 깊숙한 별채에서는 한 여인이 장부를 보고 있었다. 물론 그 여인은 명월관의 주인이었다.

명월관의 주인은 서양식으로 머리를 올리고 세련된 양장을 입은 여인이었다. 한눈에 보기에도 늘씬한 몸매를 지녔으며 얼굴색이며 피부색이 유난히 흰 그야말로 이국적인 미인이었다. 자세히 보면 눈 색깔이나 머리 색깔도 조선의 여인과는 조금 달랐다. 그렇다. 그녀는 서양인 아버지와 동양인 어머니 사이에 태어난 혼혈아였다.

원래는 청국에 들어온 영국의 외교관과 청국 여인 사이에 태어난 사생아라고 했다. 이 여인은 영국의 국적과 청국의 국적을 모두 가지고 있었지만 하필이면 조선인과 사랑에 빠져 한성으로 들어왔다고 했다. 그녀의 마음을 사로잡은 조선인은 성이 이씨로 왕실 사람이라고 했는데, 하지만 조선 왕실에서 외국 여인과의 연애는 금기 사항이었다. 그녀는 영국인의 신분으로 조선에 왔으며 줄곧 한성에서 살았다. 명성황후가 살아 있었을 때, 어떤 모임에서였는지 어떤 자리에서였는지 명확하지는 않지만 명성황후의 눈에 띄었고 그후 자주 궁을 출입했다. 그런 탓에 실상 그녀의 남자는 이씨가 아니라 민씨라는 소문도 있었다.

일찍 서양 문물의 혜택을 받은 그녀는 명성황후의 요청으로 조선의 여성들을 교육하는 교육 기관을 만들기도 했는데, 그 와중에 황후가 살해당하는 사건이 벌어졌다. 그 일로 학교는 폐쇄되었으며 그녀 또한 흔적도 없이 사라졌다. 그녀가 그렇게 사라지고 장안에는 한동안 황후의 재산을 관리하다가 잠적했다는 소문이 돌았다. 그게 사실이라면 엄청난 액수의 자금이었다.

그리고 그녀가 한성에 다시 나타났을 때는 뜻밖에도 한성 제일의 기생집 명월관의 주인이 되어 있었다. 사람들은 그녀를 비비안 정이라 불렀다.

"그자들이 뭐라고 하더냐?"

"그들은 블라디보스토크에서 온 군인들이라 했습니다. 러시아 공사관의 사람들이 극진하게 접대했다더군요. 다른 사람들이 알아듣지 못하게 러시아어로 이야기했지만 그날 근무한 우리 요원들 중에 다행히 러시아어를 하는 아이가 있었습니다."

그녀는 지난밤의 보고를 받는 중이었다. 이 집의 모든 객실에서 이루어지는 모임은 하나하나가 중요한 것들이었다. 그뿐이 아니었다. 다른 요릿집과 기생집에서 들어오는 정보도 적지 않았다. 그러므로 매일 그날그날의 정보를 정리하는 것은 큰 가치가 있는 일이었다. 여러 곳에서 모인 정보를 모으면 때때로 생각지 못했던 그림이 나타나기도 했다.

"모든 준비가 끝났고 황태자의 일정에 대한 정보도 입수했다고 합니다."

"그래, 알았네. 비상령을 발동하여 모든 회원들을 모이라 하게. 오늘밤 우리 수국부인회는 모두 목숨을 걸어야 할 것이야."

"그건 그렇고. 재영이 그 아이 말이야. 그 아이는 지금 어찌 하고 있는가?"

"비록 황명을 따르긴 했으나, 그 흉중을 어찌 헤아릴 수 있겠습니까? 아프겠지요. 아마 죽을 만큼 아플 것입니다. 평생 황후마마의 복수만을 기다렸던 아이 아닙니까?"

"그렇겠지. 그럴 것이야……. 그 아이에게 매화꽃을 심어줄 때 말이야. 살이 타는 고통 앞에서도 그 어린 것이 소리를 지르기는커녕 눈물 한 방울 흘리지 않았어. 하지만 그 속으로 얼마나 큰 비명을 질렀을까? 얼마나 피눈물을 흘렸을까? 지금도 그 아이를 보면 내가 더 아프다니…… . 그래 그만 나가 보게."

재영을 생각하면 저절로 눈물이 맺혔다. 황후의 명으로 그 아이에게 신식 학문을 가르치고, 영어와 일어 그리고 중국어를 가르치고 했던 때가 엊그제 같기도 하고, 참혹했던 그날의 일도 어제의 일만 같고, 그 아이에게 칼을 쥐어주고 혹독한 훈련을 시켰던 날들도 눈앞의 일만 같았다. 그 아이를 어찌해야 할까. 문득 지난번 홍 상은이 농담처럼 했던 말이 떠올랐다.

"홍지명과 민재영 말입니다. 저 두 사람 무척 잘 어울리지 않습니까? 호시절에 만났다면 그야말로 선남선녀인데 말입니다."

그때 흘려들었던 말이 왜 지금 이 순간에 뜬금없이 떠오른 것인지. 어차피 부질없는 생각인 것을. 비비안의 얼굴에 쓴웃음이 머금었다.

그녀는 문갑을 열었다. 그곳엔 붉은 비단에 싸인 권총이 있었다.

10월 18일 밤 11시. 조선통감 관저 황태자 숙소

"조선의 가을밤은 어쩌면 저리도 별이 많더냐? 쏟아질 듯 수를 놓은 듯 별이 빛나는 밤하늘이 너무나 아름답구나. 그런데 말이다. 저 아름다운 하늘이 한편으론 왜 차갑고 싸늘하게 느껴지는지 이유를 모르겠구나. 마치 지금 너처럼 말이다."

황태자는 베란다로 나와 밤하늘을 바라보다 말고 재영에게 말을 건넸다.

"너는 어제 나와 살을 섞었으면서 어째서 나에게 거리를 두는 것이냐?"

황태자로부터 십여 보 떨어진 곳, 불빛을 피해 어둠 속에서 사진검을 들고 서 있는 재영이 황태자를 냉랭한 눈빛으로 바라보았다.

"저는 창기가 아닙니다. 시중을 든다고 해서 몸까지 바치는 건 아닙니다. 어제 한 번 부득이하게 그런 일이 있었지만, 그렇다고 해서 저를 계속 범하려 하신다면 바로 떠날 것입니다."

"들어올 때는 어찌 들어왔는지 모르겠지만, 내가 있는 동안 내 허락 없이 이곳을 떠날 수는 없는 일이다."

"그렇다면 자진하고 말겠습니다."

"자진이라?"

황태자는 그런 재영의 반응에 더 흥미를 느낀 듯했다.

100

"나는 너를 품은 줄 알았는데, 너는 내가 너를 범했다 하는구나. 그래 그럴 수도 있겠지. 모든 여인들이 내 품에 안기지 못해 안달인데 넌 그렇지 않구나. 너 같은 여자가 하나쯤 있을 줄 알았지만, 그게 조선 여자일 줄은 내미처 몰랐다. 그러니 너를 데려갈 것이야. 내 너를 반드시 일본으로 데려가야겠다."

"그 말씀은 못 들은 것으로 하겠습니다. 제 소임은 전하께서 일본으로 가는 배를 탈 때까지 무사하게 모시는 것입니다. 그 뒤론 제 가고픈 곳으로 갈 것입니다."

"아까는 스스로 시종이라 하더니 지금은 마치 호위 무사처럼 말하는구나. 네가 아니어도 내 주변에는 나를 호위하는 자들이 많다. 지금도 보이는 곳에서 보이지 않는 곳에서 많은 고수들이 나를 지켜보고 있으니 너까지 나서서 걱정할 필요는 없다."

그때였다. 정원 쪽에서 픽! 하는 소리가 들렸다. 큰 소리는 아니었지만 유리병이 깨지는 듯한 소리여서 이목을 끌기에 충분했다. 게다가 그 소리는 연이어 들렸다. 픽! 픽! 픽!

"무슨 일이냐!"

호위군 장교가 마당으로 나왔다. 황태자도 그런 그를 유심히 지켜보기 시작했다. 그런데 소리가 난 곳으로 가던 병사와 장교들이 목을 움켜쥐고 쓰러지기 시작했다. 놀랄 새도 없이 관저 이곳저곳에서 병사들이 괴로운 듯 질식 상태를 보이며 쓰러지는 것이었다.

"전하, 독입니다!"

어느새 그야말로 눈 깜작할 새 나타난 요시코였다.

"어서 이곳을 피해야 합니다. 아리스가와 궁께서 제일은행 이시하라 행장의 집에 묵고 계시니 그곳으로 모시겠습니다."

요시코는 머리빗을 빼서 손가락으로 후르륵 훑었다. 날카로운 소리가 사방으로 퍼져나갔다. 그러자 삽시간에 이곳저곳에서 사람들이 나타나기 시작했다. 재영은 그 모습을 보고 놀라지 않을 수 없었다. 그들은 그동안 전혀 눈에 띄지 않던 사람들이었다. 재영이 지금까지 전혀 눈치채지 못한 사람들-신발을 간수하던 자, 식재료를 검수하던 요리사 보조, 그리고 재영과 한 방에서 자던 시녀도 있었다. 그들이 실은 황태자의 호위 군단이었던 것이다.

"무형지독(無形之毒)이다. 수건으로 코와 입을 가려라. 전하를 모시고

102

뒷문으로 이동한다."

요시코의 말이 떨어지자 그들은 대형을 갖추어 황태자를 호위했다. 황태자는 눈짓으로 재영에게 따르게 했다.

"저 조선 계집은 두고 가시는 게 좋겠습니다."

요시코의 얘기에 황태자는 들은 척도 안 했다.

"넌 내 곁에서 떨어지지 말고 따라오너라."

일행이 일 층으로 내려가자 계단 곳곳에 호위병들이 쓰러져 있었다. 바깥의 정원도 마찬가지였다. 달빛 아래 사방으로 쓰러진 병사들이 널브러져 있어 기괴한 풍경을 연출하고 있었다.

"이쪽으로!"

뒷문으로 나서자 대기하고 있던 사내들이 따라붙었다. 무사복에 검을 찬 사내들이었다. 삼십 명이 넘는 그들은 제물포의 거류민단에서 온 조직이었다. 곧이어 일개 중대 이상의 정규 일본군도 모였다. 그들은 캄캄한 남산 길을 내려가기 시작했다.

"전하, 조금만 더 가시면 됩니다."

요시코가 황태자를 진정시켰다.

"도대체 지금 무슨 일이 벌어진 것인가?"

"이런 종류의 독을 쓰는 건 대륙의 살수들입니다. 무색무취(無色無臭)의 독으로 공기를 통해 퍼지기 때문에 알아채기가 힘들지요."

"그럼 청국에서 암살자를 보냈다는 말이냐?"

"그건 아직 알 수 없는 일입니다. 저들은 본시 이익에 의해 움직이는 자들이기 때문에 대가만 준다면 누구든 얼마든지 고용할 수도 있지요."

그제서야 황태자는 생각났다는 듯이 물었다.

"이토는? 이토는 어디 있는가?"

"내일 일정을 협의한다며 저녁을 먹고는 바로 출타했습니다."

황태자는 쓴웃음을 지었다.

"그는 명색이 조선의 책임자인데 내게 무슨 일이 생길 때마다 곁에 없구나."

그들은 이제 골목길로 접어들었다. 큰길은 황태자가 다니기 위해 하얀 모래를 깔고 휘장을 쳐놓았지만 골목길은 있는 그대로의 마을 모습이었다. 그나마 이곳은 일인들이 모여 사는 거주지라 일본풍의 집들과 가게들이 즐비했다. 그런데 이상한 일이었다. 집이란 집은 모두 문이 굳게 닫혀 있고 창들도 닫혀 있었다. 곳곳에 등이 걸려 있어 어둡지는 않았지만 사람의 모습은 어디에도 보이지 않았다. 안개까지 깔리기 시작한 마을은 쥐 죽은 듯 황량하고 을씨년스러운 풍경이었다.

"뭔가 잘못됐습니다."

요시코가 속삭였다.

"개 짖는 소리가 나지 않습니다. 이건 함정입니다!"

홍지명은 총을 들고 황태자의 일거수일투족을 살필 수 있는 곳에 자리를 잡고 있었다. 그곳은 화재를 감시하는 망루였는데 낡아서 버려진 곳이었다. 당장이라도 허물어질 듯 기울고 사다리조차 군데군데 유실되어서 누가 올라갈 것이라곤 상상도 할 수 없는 곳이었지만 지명은 그곳에서 거적을 뒤집어쓰고 있었다.

황태자가 베란다로 나오면 민재영의 모습도 볼 수 있었다. 긴 검을 품고 서 있는 그녀의 모습은 멀리서 보기에도 애처로웠다. 그림자처럼 유령처럼 서 있는 저 여자. 지명은 그녀가 마치 어둠 속에서 울고 있는 한 마리 부엉이 같다는 생각을 했다.

치유할 수 없는 상처를 입은 부엉이. 아버지와 밤 사냥을 다니던 때 지명은 둥지에서 떨어진 새끼 부엉이를 데려다 지극 정성으로 키운 적이 있었다. 아니 키우지는 못 했다. 상처 입은 새끼 부엉이는 끝내 상처를 극복하지 못하고 한 달도 채 안 되서 죽었기 때문이었다. 지명이 결코 어미 부엉이를 대신할 수는 없었다.

지명은 황태자의 곁을 지키고 있는 그녀의 그림자를 보면서 몇 번이고 황태자에게 총을 겨누었다. 황태자를 살리는 것이 지엄한 황명인데, 방아쇠에 걸린 지명의 손에 자꾸만 힘이 들어갔다. 황태자가 단지 이 나라의 원수여서가 아니었다. 그 순간 지명은 그저 황태자가 아닌 한 사내를 죽이고 싶었다. 재영을 곁에 둔 저 사내. 재영이 저 사내의 목숨을 지키려 하는 이유를 알면서도, 재영이 그 목숨을 지키려 한다는 그 사실만으로 지명의 피를 끓게 했다. 아니다. 질투가 아니다. 이것은 단지 동지애다. 원치 않는 목숨을 꾸역꾸역 유지하고 있는 자들의 동류의식일 뿐이다. 지명은 머리를 절레절레 저었지만, 그것은 정녕 질투임에 틀림없었다. 어지러운 생각이 지명을 혼란스럽게 하던 그 순간이었다.

'앗! 저게 뭐지?'

지명은 그때 이토 히로부미의 침실에서 누군가 마당으로 수상한 물체를 던지는 것을 보았다. 순식간에 통감부 관저가 아수라장이 되었다. 지명은 이해할 수 없었다. 어떻게 살수가 이토의 침실에서 나왔는지. 아무튼 그 덕에 흥수는 아무런 제지도 받지 않고 관저 곳곳에 독을 퍼트리고 있었다.

혼란 속에서 황태자 일행이 뒷문으로 빠져나가는 것이 보였다. 재영도 그곳에 함께 있었다. 지명은 황급히 미끄러지듯 망루를 내려왔다. 뭔가 심상치 않은 일이 벌어지고 있었다. 그들이 가고 있는 방향으로 멀리 사람들의 인기척이 보였다. 그것도 아주 많이.

인력거꾼들이 대기하는 장소는 기생집이 늘어선 골목 안에 있었다. 자연스럽게 그들의 편의를 위한 조합 비슷한 조직도 생겼는데, 골목에는 사람들의 눈에 잘 띄지 않지만 조합의 사무실도 있었다. 그곳에 건장한 사내들이 모여서 잡담을 나누며 담배를 피우고 있는 모습은 일상적인 대수롭지 않은 풍경이었다. 하지만 그날은 좀 달랐다. 인력거를 일렬로 세워놓은 채 말없이 담배만 피우고 있는 사내들의 표정에는 웃음기라고는 찾아볼 수 없었고, 긴장감이 역력했다. 게다가 다른 골목에는 군복을 입고 활을 맨 부대도 보였다.

"당초 승들이 무슨 짓을 저지를지 모릅니다."

한 사내가 심각하게 말을 꺼냈다.

"알고 있네, 그들은 결코 그들의 생각을 바꿀 사람들이 아니지."

홍 상은이 고개를 끄덕였다.

"만약의 경우에……."

그의 부하가 물었다.

"그들이 끝까지 우리 일을 막으면 어찌합니까?"

그러자 홍 상은은 단호하게 대답했다.

"우리는 황명에 죽고 황명에 산다. 황명을 거스르는 자는 누구도 용서하지 않는다. 알겠나?"

한동안 침묵이 흘렀다. 오랫동안 함께해 온 동지들과 목숨을 걸고 싸울 수도 있다는 지금의 상황이 그들의 마음을 무겁게 했다.

"수국부인회도 움직이고 있습니까?"

"그쪽은 황명을 직접 받아 움직인다. 나로서도 그들이 어떻게 할 것인지 지금으로서는 알 도리가 없다."

그때 길 저쪽에서 한 아이가 뛰어왔다.

"황태자의 거처가 독 공격을 받았답니다."

담배를 피우던 사내가 벌떡 일어섰다.

"시작됐구나. 모두들 움직여라. 우리는 반드시 일본 황태자를 보호해야 한다."

호위를 맡은 일본군 중대장은 척후병으로 다섯 명을 뽑아 정찰을 보냈다. 총을 든 사병들은 조심스럽게 느릿느릿 걸음을 옮겼다. 하지만 안개 속은 조용할 뿐 아무런 움직임도 소리도 들리지 않았다. 그리고 척후병들 역시 돌아오지 않았다.

"전군 착검하라! 전진한다."

마침내 일본군 장교는 결단을 내렸다. 그들은 안개 속을 전진하기 시작했다. 독을 막기 위해 입과 코는 젖은 수건으로 가린 모습이었다. 골목 모퉁이를 돌아서자 놀라운 광경이 나타나기 시작했다. 분명 경성의 한 골목이었는데 지금 펼쳐진 풍경은 깊은 산중의 숲 속이었다. 안개 속으로 아름드리 나무들이 늘어선 숲이 펼쳐져 있었다.

황태자는 당황한 듯 물었다.

"이게 어찌된 일인가?"

그러자 요시코가 대답했다.

"이것은 기문진법(機門陳法)입니다. 몇 가지의 장치만으로 사람을 환각에 빠뜨릴 수 있습니다. 조심하십시오. 상대는 고수들입니다."

그들이 좀 더 전진하자 안개는 점점 더 심해졌다. 이젠 바로 앞이 보이지 않을 지경이었다.

"ㅎㅎㅎㅎ, 사지(死地)인 줄도 모르고 제 발로 걸어 들어왔구나."

음침한 목소리가 울려 퍼졌다.

"너희는 천라지망에 갇혔다. 쥐도 새도 빠져나가지 못한다. 어서 목숨을 내놓아라."

"으악!"

앞에서 경계하던 병사가 꿈틀하는 느낌을 받고는 깜짝 놀라 소리를 질렀다. 먼저 정찰을 보냈던 척후병의 시체를 밟은 것이었다. 시체는 뭔가에 놀란 듯 입이 벌어지고 눈을 크게 뜬 채 죽어 있었다.

"모두들 조심해라!"

장교의 말이 끝나기도 전에 전방의 몇 명이 사라졌다. 비명 하나 남기지 못했다.

"함정입니다! 돌아가야 합니다!"

황태자의 비밀 경호원이 장교에게 외쳤다. 그는 불과 얼마 전까지도 부엌에서 일하던 요리사였다. 하지만 소용없는 일이었다. 안개 속에 펼쳐진 풍경은 어느 새 다른 모습으로 변했고, 그들은 폐허가 된 마을 한 가운데에 있었다. 보이는 집들마다 문짝은 다 떨어지고 깨어진 세간살이들이 아무렇게나 나뒹굴고 있었다. 그런 가운데 안개를 비집고 저쪽에서 희미한 불빛이 보였다. 그 불빛 아래 한 여인이 서 있었다. 다리가 다 드러나도록 치마 옆을 튼 붉은 색 치파오를 입은 여인이 이쪽을 바라보며 노래를 부르고 있었다. 한숨 섞인 가락은 기괴하지만 아름다웠다.

행궁에서 달을 보니 달빛에 슬픔 가득하고
밤비 속의 방울소리는 창자를 끊는 듯하구나

백거이의 「장한가(長恨歌)」였다. 순간 선두에 선 서너 명의 병사가 또 목을 잡으며 쓰러졌다. 어디선가 날아온 짧은 독화살이었다. 그들은 자신이 죽는다는 걸 알기나 했을까? 한순간에 모든 일이 벌어지고 말았다.

겁에 질린 병사들은 전방을 향해 무차별 사격을 했다. 앞도 옆도 뒤도 보이지 않는 안개 속을 향해 미친 듯이 쏘아댔다. 하지만 허공을 가르는 총소리뿐 다른 어떤 소리도 나지 않았다.

상황은 점점 더 나빠지고 있었다. 눈앞의 나무가 갑자기 사람이 되더니 가슴을 찌르고, 땅이 꺼지면서 병사들이 빨려 들어가기도 했다. 어떤 병사들은 위에서 떨어진 쇠그물에 갇혀 비명을 지르며 죽어갔다.

일본군은 하는 수 없이 전진을 멈췄다. 황태자 일행을 가운데에 두고 빙 둘러싸며 방원진(方圓陣)을 구축했다. 앞 열세 줄은 앉고 뒷 열세 줄은 서서 수상한 기척만 있으면 사격을 했다. 하지만 소용이 없었다. 허공으로 자욱한 연기와 화약 냄새만 풍길 뿐이었다.

"이대로는 안 되겠습니다. 전방을 향해 돌격할 것이오니 전하께서는 그 틈을 타서 피신하시기 바랍니다."

장교는 거수경례를 한 뒤 외쳤다.

"전원 전방을 향해 돌격하라!"

본래 일본군은 전투에서 특별하다고 할 만한 별다른 전술을 쓰지 않았다. 그들이 쓰는 전법은 단순했다. 포격 후 총검 돌격! 그런데 이 단순함이 적에게는 공포심을 불러일으켰다. 러일 전쟁에서도 청일 전쟁에서도 그 전술은 상대에게 공포심을 주기에 충분했다. 아무런 보호 장구를 갖추지도 않은 사병들이 총검을 들고 돌격하는데 아무리 쏘아도 그들은 걸음을 멈추지 않았다. 앞이 죽으면 뒤가 받치고 뒤가 죽으면 예비병이 그 뒤를 이었다. 앞의 동료의 시체를 뒤의 동료가 밟고 넘으며 전진 또 전진했다. 죽음을 두려워하지 않는 그들의 돌격에 상대방은 치를 떨며 후퇴하곤 했다. 패전을 앞둔 상황에서도 항복은 없었다. 그들은 항복 대신 돌격을 선택하곤 했다. 천황 폐하 만세를 외치며 죽음으로 충성했다.

명령이 떨어지기 무섭게 병사들이 우렁찬 고함을 외치며 안개 속으로 뛰어 들어갔다. 그들의 무모한 돌격은 천라지망을 펴고 있는 청방의 고수들에게도 부담스러웠다. 앞 선의 병사들이 몇 발자국 못 가서 쓰러지고 그 뒤의 병사들도 쓰러졌다. 그러나 결국 그들은 첫 번째 저지선을 뚫었다. 숫자를 앞세운 돌격에 결국 청방의 고수들도 무기를 들고 맞서 싸워야 했다. 근접전에서 그리고 일대일로 일본군이 그들을 이길 가능성은 거의 없었다. 하지만 일본군에겐 총이 있었다. 하나가 쓰러지는 동안 다른 하나가 사격을 했다. 이제는 양 측에서 사상자들이 속출하기 시작했다.

"이쪽으로!"

황태자 일행은 전투가 벌어지는 반대쪽으로 움직이기 시작했다. 이제 황태자 곁에 남은 것은 제물포의 무사들과 십여 명의 경호원들이었다. 다행히 조금 전진하자 안개가 옅어지기 시작했다. 안개 속에서 드러난 풍경은 처음 보았던 경성의 뒷골목 풍경이었다. 요시코가 속삭였다.

"전하, 이제 조금만 더 가면 벗어날 수 있습니다."

하지만 그 말이 끝나기 무섭게 화살들이 날아오기 시작했다. 순식간에 십여 명이 쓰러졌다.

그리고 검은 복면을 한 무리가 각종 무기를 휘두르며 덤벼들었다. 일본 측은 대부분 일본도를 휘두르는데 비해 저쪽은 다양한 무기들을 가지고 있었다. 창도 있었고 줄을 매단 단검도 있었다. 채찍을 휘두르는 자도 있었고, 철 뭉치가 머리에 달린 곤봉을 휘두르는 자도 있었다.

비명 속에서 하나둘 사람들이 뒤엉켜 쓰러져 갔다. 하지만 쓰러지는 건 대부분 일본인들이었다. 항구를 주름잡던 제물포의 무사들도 결국은 칼을 든 폭력배에 지나지 않았다. 반면 복면을 쓴 자들은 숫자는 적었지만 고도로 훈련된 자들이었다. 놀라운 솜씨로 무사들을 쓰러뜨려 나갔다.

멀리 안개 속에서 달려오는 무리들은 또 있었다. 이십여 명의 승려들이었는데, 장삼에 가사를 걸친 것으로 보아 승려임에는 틀림없는데, 손에 든 것은 범상치 않은 무기들이었다. 반원형의 삭도를 든 이도 있었고 끝에 뾰족한 창이 튀어나온 도끼를 든 이도 있었다. 그중에서도 가장 눈에 띄는 건 보통 사람 두 배는 되어 보이는 덩치에 범종을 울릴 때 쓰는 나무 봉을 든 승려였다. 그가 어깨에 멘 나무는 양쪽 끝에 청동 머리를 입혔는데 굵기가 일 미터는 되어 보였다. 보통 사람이라면 들기에도 힘든 그 봉이 승려의 어깨 위에선 그저 얌전한 강아지 같았다.

그들도 안개 속에서 무기들이 부딪치는 소리와 비명 소리를 들었다.

"나무아미타불 관세음보살, 오늘은 부처님은 잠시 잊고 살계(殺戒)를 열어야 할 것이오."

지월대사가 비장한 어조로 당초승들을 격려했다.

"나무아미타불."

저마다 동의한다는 의미의 불호(佛號)를 읊었다.

"지금 저쪽에 진을 친 자들은 필시 중국에서 왔을 것이오. 그들의 술책은 환시(幻視)를 일으키는 것이니 눈앞의 풍경은 다 무(無)라 생각하시고 사람이 뿜는 호흡만 찾아 공격하면 될 것이오. 절대 우리의 원수를 그들에게 넘겨주어선 안 됩니다."

그런데 그 순간 또 한 무리가 그들의 앞을 가로막았다. 익문사의 사람들이었다.

"멈추시오. 우리는 황명에 따라 왜국의 황태자를 보호해야 하오."

지월은 코웃음을 쳤다.

"그까짓 황명, 당신들이나 따르시오. 우리에겐 그럴 의무가 없소. 비키지 않으면 힘으로 뚫고 가겠소."

그러자 홍 상은이 손을 들어 신호를 보냈다. 순간 담장과 지붕 위에서 활을 겨누고 있는 경찰들이 모습을 드러냈다.

"특경들이 동원됐군!"

승려들이 동요하기 시작했다.

특경의 활솜씨는 모두가 익히 아는 바였다.

지월은 입술을 깨물었다.

"쏠 테면 쏘시오. 왜놈의 손에 죽나 조선인의 손에 죽나 마찬가지니. 오늘 우리는 이 사바세계를 떠날 것이오."

그러자 다른 승려들도 고개를 끄덕였다.

"그래 쏘아라! 우리는 물러서지 않겠다."

거대한 봉을 어깨에 멘 승려가 앞으로 나서서 외쳤다.

"이제 어쩝니까?"

부하의 질문을 받은 홍 상은은 난감했다.

"쏠까요?"

승려들은 다시 전진하기 시작했다.

10월 19일 오전 1시. 조선통감부

통감부로 돌아온 이토는 대책 회의를 열었다.

"황태자께서 어디로 가셨는지 알 수 없습니다. 아마 다른 빈관으로 가신 듯합니다만."

미나미가 보고하자 이토는 고개를 끄덕였다.

"그렇겠지. 군에 연락해서 외곽은 물론 주요 도로를 전부 봉쇄하고 경성의 모든 골목을 수색하도록 하시오. 그리고 각 빈관마다 사람을 보내 빠짐없이 확인하도록!"

모두들 일어서자 이토가 한 마디 덧붙였다.

"제국의 위신이 걸린 일이오. 조심스럽게 다른 사람들에게 표가 나지 않도록 움직여야 하오."

"그 말씀은?"

"일사불란하게 움직이란 뜻이오. 신속하게 움직이되 요란 떨지 말고, 모두가 움직이되 소수 정예로 조용히 일을 처리하란 말이오."

모두들 떠나고 미나미만 남았다.

"이번엔 틀림없겠지?"

"물론입니다. 청방의 함정을 무사히 빠져나온다 해도 조선 놈들이 대기

118

하고 있을 겁니다. 수색대도 그 골목 주변은 피해서 배치했습니다."

"그래, 이제 끝이 보이는군."

"황태자가 죽고 나면 어떻게 하실 것입니까?"

"모든 책임은 나와 조선이 지는 것이지. 조선의 태황제와 황제에게 죄를 물어 내몰고 이 땅을 대일본 제국의 영토로 만들어야겠지. 물론 나 역시 책임을 지고 자결하겠지만……."

미나미는 고개를 숙였다.

"조국을 위해 목숨을 던지시는 각하의 기개에 감동했습니다."

"나는 이제 살 만큼 살았네. 뒤는 그대들에게 맡길 것이야. 부디 일본을 대영 제국이나 미국에 못지않은 대제국으로 만들어 주게. 그것이 내 필생의 목표요 꿈이었으니……."

"대사님들께선 그만 멈추시지요!"

승려들의 앞을 가로막은 건 이번에는 여자들이었다. 기생 복장을 한 여인들도 있었고 하녀 복장을 한 여인들도 있었다. 그리고 세련된 양장을 하고 맵시 있는 모자를 쓴 여인도 있었다.

"수국부인회에서 오셨구려. 미안하지만 우리는 일본 황태자를 죽이러 가야겠소."

그러자 수국부인회의 수장이 앞에 나섰다. 비비안이었다.

"그러시겠지요. 황명조차 우습게 여기는 분들이시니 막을 수가 없겠지요. 그렇다 해도 저희로서는 순순히 비켜드릴 수는 없답니다."

여인들은 비비안의 지시에 따라 밀집 대형으로 길을 막았다. 좁은 골목길은 이십여 명의 여인들로 가로막혀 도무지 빠져나갈 공간이 보이지 않았다.

"비켜라! 그렇지 않으면……."

"그렇지 않으면 어쩌시겠습니까? 죽이시기라도 하려고요? 그래요, 죽이세요. 지나가려면 우리를 죽이셔야만 할 겁니다."

여인들은 서로 팔짱을 단단하게 끼고 버티고 섰다. 그녀들은 심지어 아무런 무기도 가지고 있지 않았다. 맨몸이었지만 단호하고 숙연한 표정으로 승려들을 바라볼 뿐이었다. 온갖 무기로 무장한 승려들이었지만, 마음만 먹는다면 이 정도의 벽을 못 뚫을 일이 없었지만, 오히려 더 난감한 노릇이었다. 무기도 들지 않은 맨몸의 여인들, 저 무모한 육탄의 벽을 어찌 뚫을 것인

가. 승려들은 결국 더 이상 나갈 수가 없었다.

"허, 이것 참! 낭패로다! 낭패! 나무아미타불 관세음보살!"

당초들과 수국부인회의 싸움이 그렇게 허무하게 끝났을 때, 그 사이 제물포에서 파견된 일본 무사들은 전멸했다. 불과 십여 명의 인원이었지만 복면인들은 서너 명이 가벼운 부상을 입었을 뿐, 순식간에 일본인 무사들을 전부 쓰러뜨렸다. 일본 무사들의 죽음이 그렇다고 헛된 것만은 아니었다. 복면인들과 일전을 벌이는 틈을 타 황태자 일행은 자리를 떠서 출구를 찾아가고 있었다. 웬일인지 복면인들은 무사들을 다 제압했으면서도 더 이상 황태자 일행을 쫓지 않았다. 그들은 할 일을 다 한 듯, 부상자를 챙기더니 스르르 안개 속으로 사라졌다.

앞서 돌격했던 일본군 중대도 어찌 됐는지 아무 소리도 나지 않았다.

"전멸인가?"

황태자가 중얼거리자 경호원이 달래듯 말했다.

"그들도 아직 싸우고 있을 것입니다. 다만 안개의 진이 소리를 차단하고 있을 것입니다."

여러 사람들을 희생시키고 그들은 드디어 안개 밖으로 나가는 출구를 찾았다. 그곳은 허무하게도 그들이 처음 들어선 골목의 입구였다. 악전고투 끝에 제자리로 돌아온 셈이었다. 이제 이곳만 나가면 이토의 통감부가 가까웠다. 하지만 그들에게는 아직 관문이 하나 남아 있었다.

그들의 앞을 가로막은 것은 세 명이었다. 하나는 키가 작은 난쟁이였고 하나는 아까 보았던 붉은 치파오를 입은 요염한 여인이었다. 그리고 그들의 뒤에 엉거주춤한 자세로 중년의 사내가 서 있었다. 세 사람은 마치 한 가족처럼 보였다. 중년의 아버지와 젊은 엄마 그리고 아들이라고 할까. 하지만 세 사람의 손에는 가족과는 어울리지 않는 살인 무기가 들려 있었다. 난쟁이의 두 손으로는 비수가 번뜩였고, 여인은 날카로운 채찍을 들고 있었다. 중년의 사내는 뒤에 있어 무엇을 지녔는지 알 수 없지만 그 역시 빈손은 아닐 터였다.

난쟁이가 한 발 나서더니 주먹을 쥐며 중국식 포권의 예를 갖췄다.

"황태자께서 오늘 고생이 많으시군요. 하지만 더 이상 고생하지 않으셔도 될 겁니다. 이곳이 황태자의 무덤이 될 터!"

황태자의 경호대가 앞으로 나섰다. 그들도 역시 내로라하는 고수들이었다. 순식간에 싸움이 시작되었다. 고수들의 싸움은 소리도 크게 나지 않았다. 간혹 거친 숨소리와 병기들이 부딪치는 소리만 들릴 뿐이었다.

경호대 열 명에 상대는 두 명, 십 대 이의 대결이었다. 중년의 사내는 몇 걸음 물러서 구경만 하고 있었다. 이윽고 두 사람을 열 명이 에워싸는 형국이 되었다. 그런데 상황은 그리 쉽지 않았다. 여인의 채찍은 매서운 소리와 함께 허공을 가르며 파고들었고 난쟁이의 단검은 상대를 향해 날아갔다가 다시 손목으로 돌아오기도 하면서 상대의 급소를 노렸다. 난쟁이의 두 손목과 두 개의 단검이 가느다란 줄로 연결이 되어 있었던 것이다.

황태자의 곁에는 요시코와 재영만 남았다. 싸움은 쉽게 결판이 나지 않았다. 여인의 채찍에 한 명이 어깨를 강타 당하고 난쟁이의 비도에 두 사람이 쓰러졌지만 경호원들도 호락호락하지 않았다. 그들은 품에 숨겨 놓았던 검을 뽑아 싸웠는데 정식 일본도보다는 작고 비수보다는 컸다. 한 손으로는 검집으로 수비를 하면서 다른 한 손으로는 검을 휘두르는 기세가 빠르고 맹렬했다. 또한 경호원 중에도 비도술을 하는 자가 있어 삼각형 모양의 표창을 연신 던지는 이도 있었다. 그들의 목적은 황태자가 지나갈 길을 만드는 것이었다. 일진일퇴의 호각지세(互角之勢) 속에서 서서히 밖으로 나가는 통로가 만들어 지고 있었다.

"이쪽으로!"

황태자와 요시코 그리고 재영은 통로를 향했다. 이제 탈출은 시간 문제였다. 그런데 뒤에 물러나 있던 중년의 사내가 문제였다. 그는 마치 이런 상황을 기다렸다는 듯한 표정을 짓더니 손에 들고 있던 신호탄을 쏘아 올렸다.

"삐익" 하는 소리와 함께 불타는 화약이 꼬리를 물면서 하늘로 올라가 사라졌다. 순식간의 일이었다. 그 사이 경호대원 세 명이 또 쓰러졌고 황태자 일행이 거의 빠져나가려는 찰나였다. 부지불식간에 검은 인영(人影)들이 황태자 일행을 가로막았다. 마치 땅 밑에서 솟아나온 것 같았다. 그들은 청방 방주가 쳐놓은 천라지망 속에서 일본군을 상대하던 이들이었다. 비록 몇 명은 부상을 입었고 그 수도 반으로 줄어 있었지만, 이십여 명의 고수들이 손에 무기를 들고 나타난 것이었다.

요시코는 이제 끝이구나 생각했다. 재영도 마침내 검집에서 사진검을 뽑았다.

"왜 이렇게 늦었느냐?"

124

청방 방주가 부하들에게 싸늘한 어조로 물었다.

"일본군은 진즉에 해치웠습니다. 그런데 갑자기 화살들이 날아들었습니다."

"화살이라고?"

"그렇습니다. 강철로 된 화살촉이 우리의 보호구를 쉽게 뚫어버려서 예상 외로 많은 인원이 희생되었습니다. 지금도 십여 명은 그들을 막느라 오지 못하고 있습니다."

"이상한 일이구나. 활은 조선인들의 무기인데, 왜 그들이 일본의 편을 든단 말이냐. 어쨌거나 시간이 없다. 어서 황태자를 처치해야 한다."

이제 황태자를 보호할 수 있는 인원은 네 명의 경호원과 요시코 그리고 재영뿐이었다. 그마저도 이십여 명의 고수들이 그들을 에워싼 상태였다. 출구가 보이지 않는 독 안에 든 쥐와도 같았다. 요시코는 마지막 수단을 썼다. 머리핀을 꺼내 동생을 호출했다. 이상한 일이었다. 아무리 신호를 보내도 키요는 나타나지 않았다. 요시코는 가슴이 서늘해졌다. 키요는 언니 요시코의 그림자였다. 요시코가 어디에 있든 어떤 상황에 있든 요시코가 호출하면 바람처럼 나타났다. 요시코가 신호를 보냈는데 키요가 나타나지 않는 일은 이제껏 단 한 번도 없었다. 그런데 하필이면 지금 이 순간 요시코의 신호에도 불구하고 키요가 나타나지 않은 것이었다.

'이 아이마저 당했다는 말인가?'

그때였다. 골목의 담장 너머에서 한 사내가 나타났다. 그는 얼굴을 가린 삿갓을 쓰고 있었으며 헌옷으로 둘둘 감은 칼집을 들고 있었다. 얼마나 빠르고 신속하게 움직였는지 황태자를 포위하고 있던 청방의 고수들조차 등 뒤로 다가오는 그를 눈치채지 못했다.

전광석화(電光石火) 같은 바람이 스치는가 싶더니 '슥' 하는 소리와 함께 두 사람이 넘어졌다. 그의 손에는 마술처럼 칼집에서 빠져나온 예리한 칼이 들려 있었다. 그는 서슴지 않고 칼을 휘두르며 전진했다. 그의 칼은 형체를 알아보지 못할 정도로 빨랐다. 순식간에 포위망이 뚫리고 일곱 명의 고수들이 추풍낙엽처럼 고꾸라졌다.

"좋은 검이로구나!"

청방 방주가 손뼉을 치며 감탄했다. 이럴 때는 정말 어린아이 같았다.

"역시! 일본이 이렇게 쉽게 황태자의 목숨을 내놓지는 않겠지. 이런 고수가 숨어 있었군. 넌 누구냐? 이름이나 알자."

126

"이 사람은 천황 폐하의 수호 무사 요네다 히노시기라 한다. 그대는 누구인가?"

그의 이름을 듣고 황태자가 "아!" 하며 알겠다는 표정을 지었다.

"요네다 히노시기. 그 이름은 내 익히 알고 있는 터. 그렇다면 나도 이름을 밝히지. 나는 청방의 방주 당인이다."

"사천(四川)에 독을 잘 쓰는 당문(唐門)이 있다더니, 오늘 만나보는구나."

당인은 줄을 당겨 비수를 두 손에 들었다. 그의 비수는 칼날에 푸르고 붉은 기운이 감돌았다.

"그렇다. 내 오늘은 손속에 정을 두지 않을 것이야. 그러니 조심해야 할 것이다. 내 비수에 손등만 긁혀도 저승으로 직행할 테니."

두 사람은 서로의 병기를 들고 한 발씩 움직이기 시작했다. 그런데 그 기운이 얼마나 강렬했는지 다른 사람들은 미동조차 거둔 채 숨을 죽이고 지켜볼 수밖에 없었다. 움직일 엄두를 내지 못할 만큼 강력한 살기가 사방을 휘어잡고 있었기 때문이었다.

당인은 오른손의 비수를 원을 그리며 돌리기 시작했다. 왼손의 비수는

언제라도 날아갈 듯한 기세였다. 반면 요네다는 검을 비스듬히 내린 채 미
동도 하지 않았다. 시선도 적이 아닌 자신의 칼끝을 향하고 있었다. 마치 상
대의 동작에는 관심도 없다는 듯한 자세였다.

"획, 휘익, 획"

당인이 돌리는 비수의 속도가 점점 빨라지고 있었다. 그러면서 조금씩
줄을 풀어 요네다에게 접근하고 있었다. 모두들 이제 최후 결전의 순간이
왔음을 짐작했다. 단 한 번의 부딪침으로 승부는 갈릴 것이다. 그 누구도 두
고수에게서 눈을 떼지 못했다.

그때였다. 강렬한 폭발음과 함께 섬광이 번쩍하더니 연기가 피어올랐다.
폭탄이었다. 누군가 폭탄을 던진 것이었다. 사방은 금세 아수라장이 되고
말았다. 한 곳에 집중하고 있던 탓에 사람들은 피할 겨를이 없었다. 뜻밖의
기습에 황태자 일행을 비롯하여 청방의 무사들까지 모두 피를 흘리며 쓰러
졌다. 자욱한 연기 속에서 검은 인영들이 아수라장을 헤치며 황태자를 찾는
모습이 보였다. 아직 의식이 남아 있는 경호원들이 그들을 막으려 했지만
소용이 없었다. 살아남은 경호원은 이제 없었다. 그때였다.

"탕" 하는 소리와 함께 총알이 날아오더니 검은 인영 중 하나가 쓰러졌

다. 그의 이마 한복판에 총알이 박혔다. 이어 또 한 방의 총성이 울리고 또 한 사내가 쓰러졌다. 이번에는 가슴이었다. 정확하게 한 방으로 죽일 수 있는 급소만 노렸다.

"저격수다!"

"서둘러라. 총소리 때문에 일본군이 몰려올 것이다."

그때였다. 누군가 황태자를 들쳐 업고서 달리기 시작했다. 잠깐 쉬던 총알이 다시 날아왔다. 황태자를 메고 뛰던 사내가 고꾸라졌다. 운이 좋게도 총알이 사내의 급소를 피해 척추를 관통했다. 고꾸라진 사내는 기적적으로 살아난다 해도 평생 불구가 될 것이었다. 이번에는 다른 사내가 다시 황태자를 업고 달리기 시작했다. 몇 번의 총성이 들리는가 싶더니, 어느새 황태자는 사라졌다. 수십 구의 시체가 널브러졌지만 온데간데없이 사라진 황태자의 흔적은 어디에서도 찾을 수 없었다.

"정신 차리시오."

두 자루의 총을 멘 사내가 나타나 쓰러져 있는 민재영을 깨웠다. 홍지명이었다. 재영은 충격이 컸는지 말을 제대로 하지 못했다. 지명이 그녀를 일으켜 세우려는데, 그녀는 지명의 손을 뿌리치더니 바닥의 사진검을 움켜잡는 것이었다. 지명은 그런 그녀의 행동을 도무지 이해할 수 없었다. 이런 상황에서도 칼을 먼저 찾다니.

그러나 지금은 이런저런 생각할 여유가 없었다. 지명은 자신이 쓰러뜨린 자의 얼굴을 확인했다.

"북쪽에서 온 자들이군. 자, 갑시다."

10월 19일 오전 6시. 조선통감부

"그게 무슨 소리냐!"

이토는 책상을 주먹으로 쳤다. 부르르 책상 위의 기물들이 흔들렸다. 미나미는 사색이 되어 있었다.

"황태자께서 사라지셨답니다. 청방도 아군도 종적을 쫓고 있는 것으로 보아 다른 세력의 소행인 듯합니다."

이토는 털썩 의자에 주저앉았다.

"어째서? 어떻게 죽지 않고 사라진 것이냐? 어떻게 이런 일이?"

그때 하인이 와서 고했다.

"손님이 뵙기를 청합니다."

"손님?"

"그렇습니다. 아주 중요한 일이라 합니다."

안내를 받아 들어온 사람은 푸른 눈의 서양인이었다.

"무슨 일인가?"

"저는 러시아의 수병 안드레이입니다. 귀국에서 수장시킨 발틱 함대 소속이었지요."

"그런데?"

"귀국의 황태자를 우리가 모시고 있습니다."

"뭐라? 러시아라고?"

10월 19일 오전 7시. 고종 태황제 별실

"죄송합니다. 신을 죽여주십시오."

홍 상은은 무릎을 꿇고 죄를 청했지만 고종은 그를 쳐다보지도 않았다.

"익문사와 특경, 수국부인회로도 지킬 수 없었단 말이냐?"

그러자 비비안도 무릎을 꿇었다.

"신 또한 면목이 없습니다. 죽으라 명하시면 달게 받겠습니다."

고종은 탄식했다. 이럴 거였다면 차라리 자기 손으로 죽여 분이나 푸는 것이 옳았다.

"하지만 아직 희망이 있습니다. 황태자의 시신이 발견되지 않았으니 반드시 죽었다고 볼 수는 없습니다."

비비안이 아뢰었다.

"도대체 누가 이런 짓을 했단 말이더냐?"

그러자 홍 상은이 고개를 들고 아뢰었다.

"들어온 정보들로 추측하건대 러시아 측에서 벌인 것이 확실한 듯합니다."

"러시아? 그럼 황태자는 죽은 목숨이 아닌가! 일본에 대한 저들의 원한은 우리 조선만큼이나 극에 달하지 않았는가?"

고종이 놀라자 홍 상은이 급히 덧붙였다.

"폐하, 반드시 그렇지만도 않습니다. 저들이 현장에서 죽이지 않은 것은 무언가 꿍꿍이속이 있기 때문이옵니다."

"꿍꿍이? 그게 무엇인가?"

"아직 확실치 않으나 조금의 말미를 주시면 반드시 알아내겠습니다."

그러자 비비안이 말을 꺼냈다.

"폐하, 저의 정보가 도움이 될 수도 있을 것입니다."

"그래? 어떻게 말이냐?"

"명월관에 단골로 드나드는 러시아인이 하나 있습니다. 그를 통하면 유익한 정보가 나올 듯도 합니다."

고종은 심기가 복잡했다. 이 상황을 어떻게 풀어야 할 것인가. 결국 고종은 황태자의 생사유무를 먼저 확인하는 게 맞다고 판단했다.

"일단 상은의 말을 듣도록 하겠네. 자네들은 신속하게 그자의 생사를 확인해야 할 것이야."

비비안이 먼저 궁을 나섰는데, 잠시 후 홍 상은이 그 뒤를 따라왔다.

134

"잠깐, 비비안. 말씀 좀 나누시지요."

비비안 정이 그를 차갑게 바라보았다.

"평소 저희와 상종하는 것을 그리도 피하시는 분께서 어인 일이십니까?"

"그건 오해요. 우리는 모두 태황제의 사람들이오. 네 편 내 편 가릴 게 무어 있겠소. 이제부터 유용한 정보가 있으면 함께 나눕시다. 지금은 출신이니 편이니 그런 것을 가릴 때가 아니잖소?"

비비안의 표정은 여전히 차가웠다.

"도대체 지금까지 익문사는 무엇을 하고 있었습니까? 당초승을 막은 것도 우리고 황태자의 곁에서 끝까지 지키려 했던 것도 민재영 그 아이였습니다."

"그리 말씀하시면 입이 열 개라도 할 말이 없소. 하지만 우리 저격수도 현장으로 갔소. 홍재명 말이오. 그가 러시아인들을 사살해서 우리도 러시아인들이 개입한 것을 알게 된 것이오. 그리고 러시아인들의 시체를 감추어서 다른 세력의 추적을 막았소."

"그건 그렇고 홍지명은 지금 어디에 있습니까?"

"그쪽 민재영은 어찌 되었소?"

약속이나 한 것처럼 두 사람은 홍지명과 민재영의 행방을 물었다. 알 듯

말듯한 표정을 교환하고는 두 사람은 다시 서로의 갈 길로 발을 옮겼다.

10월 19일 오전 9시. 조선통감부

"이 일을 어찌할 것인가? 이 일이 세상에 알려진다면 우리는 모두 웃음 거리가 될 것이고, 죽음으로도 죄를 씻을 수가 없을 것이오."

이번 방문의 단장 격인 아리스가와 대장궁은 제 정신이 아니었다.

"대장궁, 고정하시지요. 황태자께서는 돌아가신 게 아닙니다. 저들이 안전을 약속했습니다."

"믿을 수 있는 일인가? 그렇다면 저들이 원하는 게 분명히 있을 텐데?"

"그렇습니다."

"그게 무엇이든 내어주고 당장이라도 황태자를 모셔 와야 하오."

"그들이 원하는 것은 발틱 함대에 실려 있던 금괴입니다."

"뭐요? 지금 뭐라 했소? 그 금들은 배와 함께 가라앉지 않았소?"

그러자 이토는 고개를 저었다.

"아닙니다. 금괴는 배가 침몰되기 전에 저들이 다른 배로 빼돌려 울릉도에 감추었습니다. 그 사실을 우리 통감부로 밀고한 자가 있었습니다. 금괴 상자들을 울릉도에 감출 때 인부로 일했던 자라 하더군요. 밑져야 본전이란 생각으로 인력을 동원했는데, 실제로 있었습니다. 그 금괴 모두를 은밀하게 이곳 통감부로 가져와 제가 보관하고 있습니다."

아리스가와 궁을 비롯하여 이토의 말을 들은 일본의 인사들은 모두 충격을 받았다.

"아니, 그런 사실을 왜 본국에 보고하지 않은 것이오?"

"그거야……. 이 사실이 알려진다면 러시아 측에서 반환을 요구할 수도 있고 다른 나라들도 끼어들 수가 있는 일이라 사람들 기억에서 잊힐 때까지 보관하기로 했던 것입니다."

"통감 말씀이 그렇다면 그런 줄 알아야겠지요. 그건 그렇다 넘어가고, 그럼 이제 어찌할 작정이오?"

"그들은 내일 제물포에서 금을 실은 배와 황태자 전하를 맞바꾸자고 합니다."

"내일이라니? 그럼 곤란하지 않소? 당장 오늘 정오에 조선 황제가 이곳으로 오기로 되어 있는데 황태자가 맞아야 하잖소?"

"그 부분은 대역을 쓰면 됩니다. 일단 조선 황제는 대역이 맞아야겠지요."

10월 19일 오전 10시. 러시아 공사관 안가

"저들은 돈스코이(Dmitri Donskoi)호에 실렸던 금괴와 황태자를 바꾸는 일에 동의했습니다. 내일 제물포에서 금괴를 실은 배와 황태자를 교환할 것입니다. 산동반도 쪽에 우리 사람들을 대기하라 일렀습니다."

안드레이의 보고를 받은 니콜라이는 만족해했다.

"그래, 잘 됐군. 우리도 이동해야겠네."

"그런데 정말 황태자를 살려 보내실 겁니까?"

"내가 미쳤나? 그럴 생각은 애초부터 없었어. 일단 물건을 인수하고 나면 놈은 우리 수병들의 원한을 달래기 위해 바다에 던져 수장을 시킬 것이야."

"그런데 한 가지 더 드릴 말씀이 있습니다."

니콜라이는 무슨 소린가 싶어 안드레이를 바라보았다.

"이토의 속셈이 뭔지는 모르겠습니다만, 그는 황태자가 살아서 돌아오기를 바라지 않았습니다. 시체만 넘겨주면 우리의 안전을 보장하겠다 했습니다."

니콜라이는 손뼉을 쳤다.

"그자의 속셈까지 알 필요는 없어. 어차피 잘 됐군. 굳이 속이느라 애쓸 필요도 없단 말이지?"

"정신이 드는가?"

요시코가 눈을 떴다. 어디인지는 모르지만 지금 그들이 잡혀 있는 곳은 어두침침한 지하 창고였다. 비스듬한 아침 햇살이 머리 위 창으로 새어 들어왔다. 황태자가 그녀의 머리를 쓰다듬었다.

"대제국의 황태자가 이리도 초라하게 포로가 되었구나."

황태자는 씁쓸하게 웃었다.

요시코는 폭탄이 터지는 경황 중에도 황태자를 놓지 않으려고 그를 꼭 안고 있었던 것이 기억났다. 그녀는 손목에 둘렀던 금속 줄로 자신과 황태자를 함께 묶어버렸다. 그런 까닭에 러시아인들도 결국 떼어놓기를 포기하고 둘을 한꺼번에 안고 뛰었던 것이다.

정신을 차린 요시코는 황태자가 살아 있음에 안도했다.

"전하, 전하께서 이리 살아계시니 다행입니다. 살아계셔서 천만 다행입니다……."

그리고 요시코는 이내 동생 키요의 일이 떠올랐다. 아무리 생각해도 이상한 일이었다.

'이 아이에게 도대체 무슨 일이 벌어졌기에 나타나지 않는 거지?'

140

10월 19일 오전 11시. 화교촌

"요네다. 과연 듣던 대로 명불허전(名不虛傳)이야! 내가 이리 작고 어려 보여도 오십이 넘었네. 지금껏 내로라하는 대륙의 수많은 고수를 만났지만 자네보다 강한 자는 없었구만. 필생의 적수는 필생의 친구와 같다고도 했던 가?"

청방 방주가 웃으며 말했다. 요네다는 무표정한 표정으로 대꾸도 하지 않은 채 단지 검만 보고 있었다. 오오니마루 구니츠나. 천황이 가장 아끼는 보검이었다. 이번 일을 위해 천황이 특별히 내린 그 보검은 다행히 아무런 손상도 없었다.

폭탄이 터졌을 때, 요네다를 구한 건 청방의 사람들이었다. 당인은 쓰러진 사람들 중에서 일본인들은 모두 죽이고 시체들을 깨끗하게 치워서 흔적이 남지 않도록 했다. 하지만 아직 살아 있던 요네다만은 죽이지 않고 마차에 싣게 했다.

"아니, 그자는 우리의 적인데 왜?"

원영인이 투덜거렸지만 아랑곳하지 않았다.

"적의 적은 친구다. 우리 힘이 많이 약화됐으니 이제 누구라도 힘이 된다면 힘을 모아야 하지 않겠나?"

"하지만 저자는 황태자를 보호하려는 자요!"

"무슨 상관이냐? 지금은 황태자를 되찾는 게 먼저다. 그러려면 저자의 손을 빌려야 한다. 차도살인을 위한 도구로 저자만 한 인물이 없다. 저자는 황태자를 살리기 위해 목숨을 걸라고 해라. 하지만 결국 우리가 모두 죽여 버릴 것이니……."

그 사이 이곳저곳에서 첩자들이 하나둘 화교촌으로 모여들기 시작했다. 당인은 그들이 가져온 정보를 모으고 분석했다.

"우리는 제물포로 간다. 황태자는 러시아 놈들이 잡고 있다. 내일 그곳에서 모종의 거래가 있을 모양이다."

10월 19일 낮 12시. 러시아 공사관

"파블로프는 무엇에 신이 났는지 싱글벙글이었다. 사실은 조금 전 사환이 가져온 쪽지 때문이었다. 쪽지에는 예쁜 글씨로 쓴 "점심 드시러 오세요"라는 글과 함께 나비 그림이 서명처럼 그려져 있었다. 그것은 그를 한동안 애태우게 만들었던 호접란의 표식이었다. 호접란은 명월관에서도 알아주는 기생이었다. 파블로프는 명월관에 출입한 지 꽤 오래되었는데, 몇 달 전에야 처음 호접란을 보았다. 얇고 푸른 적삼을 나풀나풀 펄럭이다 어느새 하늘하늘 흘러내리는 그녀의 춤사위는 꽃밭을 노니는 나비처럼 그의 마음 속을 파고들었다. 하지만 늘 그뿐이었다. 춤에 취하거나 술에 취하거나 이제나저제나 그녀와의 하룻밤 만리장성 쌓기를 오매불망 기다렸지만, 언제나 딱 거기까지였다. 넘어올 듯 넘어오지 않는, 잡힐 듯 잡히지 않는 호랑나비와도 같은 그녀였다. 벌써 몇 달 치 봉급을 쏟아 부었지만 그녀를 품지 못한 것에 은근 조바심이 나던 차였다. 그런데 지난번에는 뭔가 조금 다른 눈치였다. 전에 없이 먼저 손을 잡고 귓속말로 속삭이기까지 하는 것이었다.

"미스터 파블로프. 진즉부터 마음에 두고 있었는데 함께할 시간이 나질 않네요. 전 선생님처럼 핸섬한 분이 좋답니다. 후에 따로 기별할 테니 그때 만나요."

143

그리고 오늘 그녀가 마침내 만나자는 기별을 넣은 것이다. 공사관은 한참 비상이 걸려 있었지만 그런 건 눈에 들어오지도 않았다. 파블로프는 민정을 살핀다는 핑계로 공사관을 빠져나와 부리나케 명월관으로 갔다.

"어서 오세요, 나리."

안내를 받아 들어간 방은 명월관에서도 가장 깊숙한 곳에 있는 별채였다. 그곳은 돈을 낸다고 아무나 들어갈 수 있는 곳이 아니었다. VIP 중에서도 VIP, 아주 특별한 회원들만 들어갈 수 있는 곳이었다. 파블로프도 이미 들어서 알고 있었다. 일반 손님으로서는 언감생심 절대로 출입이 불가한 곳이라는 것을. 그런데 지금 그곳에 초대를 받아 들어온 것이었다.

화려한 장식으로 꾸며진 문을 열고 방 안에 들어선 파블로프는 어안이 벙벙할 지경이었다. 12명의 미인도가 그려진 12폭의 병풍이 길게 펼쳐 있고 그 아래로는 붉은 비단으로 된 보료가 깔려 있었다. 그 앞으로 방 가운데에는 상다리가 휠 것처럼 산해진미 진수성찬이 떡하니 차려져 있었다. 황제의 수라상도 이보다는 못 할 것이었다.

"아이, 왜 그렇게 서 계세요."

호접란은 사내의 어깨를 지그시 눌러 앉히고는 그 옆에 바싹 붙어 앉았다. 향긋한 향이 풍겼다. 호접란이 따라주는 술을 마시면서 파블로프는 묘하게 아뜩한 현기증을 느꼈다. 마치 공중에 붕 뜬 듯한 기분이랄까.

"요즘 바쁘셨나 봐요?"

"응. 좀 그런 일이 있었지. 말하기는 곤란하지만 말이야."

그러자 호접은 그에게 몸을 더 밀착하며 속삭였다.

"어머, 제게도 비밀이 있으시군요?"

"아니 뭐 그런 건 아니고……."

파블로프는 우물쭈물 얼버무렸다. 무안한 김에 몇 잔의 술을 거푸 마셨다. 향기 때문인지 술 때문인지 파블로프는 평소보다 빠르게 취기가 올라오고 있었다.

"내가 이 정도로 취할 약한 주량이 아닌데, 오늘은 좀 이상하네?"

"미스터 파블로프. 그런데 말이에요……."

호접란도 취기가 오른 모양이었다. 파블로프에게 어깨를 기댔는데, 저고리 섶이 풀어져 보름달 같은 하얀 가슴이 설핏 드러났다. 은근 슬쩍 그 모습을 곁눈질하던 파블로프가 헛기침을 하며 침을 삼켰다.

"어젯밤 이상한 일이 있었지 뭐예요. 무서워서 직접 나가 보지는 못했지만, 사달이 나도 엄청 큰 사달이 났는지, 사람들이 떼로 싸우는 소리가 나는데, 칼 부딪치는 소리, 총소리, 비명 소리, 폭탄 터지는 소리까지 들리는데, 정말 난리도 그런 난리가 없었다니까요. 얼마나 무서웠는지 한숨도 못 잤답니다."

"요즘 경성은 위험하다네. 그러니 자네도 조심해야 해."

"어젯밤 그 난리에 대해 혹시 뭐라도 아시는 거 없나요?"

"글쎄 뭐……. 이곳에서 일어나는 일들을 아무렴 내가 모를 수 있겠어?"

그러자 호접란의 손이 과감하게 그의 아랫도리를 파고들었다.

"어머, 그러시구나. 그럼 제게 알려줄 수도 있겠네요?"

파블로프는 정신이 점점 더 아득해졌다. 술기운이 한꺼번에 몰려오고 있었다. 그러다가 마침내 정신을 잃었다.

갑작스러운 냉기에 눈을 뜬 파블로프는 어두컴컴한 방에 의자에 앉은 채로 묶여 있었다. 어둠 속에서 조금씩 주변이 보이기 시작했을 때, 그의 눈앞에는 호접란과 명월관의 주인이 서 있었다. 호접란이 그의 얼굴에 찬물 한

동이를 막 부은 참이었다.

"정신이 드시나?"

명월관의 주인 비비안이 웃으며 말했다.

"대체 이게 무슨 짓이오?"

"무슨 짓은? 그대가 호접란을 좋아한다기에 이렇게 밀실로 모셨지."

그러자 호접란이 깔깔대고 웃었다. 앙칼진 웃음이었다. 상상을 초월하는 고음의 웃음소리. 파블로프는 송곳으로 고막을 찌르는 듯한 고통을 느꼈다. 이내 웃음소리가 멈추고 비비안이 파블로프의 턱을 들어 올리며 물었다.

"자, 우리 러시아 나리. 지금부터 묻는 말에 고분고분 대답해줬으면 좋겠는데?"

"뭘 물을지 모르겠지만 난 아는 게 없소."

"아직 시작도 안 했는데 이러면 곤란하지."

호접란은 육각봉을 들었다. 그리고 사정없이 사내의 얼굴을 내리쳤다.

10월 19일 낮 12시 30분. 조선통감 관저 황태자 숙소

순종이 황태자 이은과 함께 일본 황태자 숙소를 방문했다. 이틀 전 일본 황태자가 덕수궁을 방문한 데 대한 답방이었다. 의장병과 호위병이 관저 정문에 늘어서고 이토 히로부미를 비롯한 일본 측의 고위 인사들도 문 앞에 나와 대한제국의 황제를 환영했다. 하지만 일본의 황태자는 보이지 않았다.

이토는 결국 황태자 대역을 쓰지 않았다. 순종 일행이 2층의 숙소로 올라 왔을 때, 이토는 순종에게 황태자의 신변에 이상이 생겼음을 털어놓았다.

"어떻게 그런 일이! 우리 영토에서 그런 불미스러운 일이 일어나다니요! 대단히 유감스럽게 되었습니다."

"황공합니다. 원래 우리가 경호를 책임지기로 했으니 폐하께서 그리 유감을 가지실 필요는 없을 일입니다."

"아니오. 내 모든 힘을 다해 도울 것이오. 무엇이든 필요한 게 있으면 요청하시오."

그러자 이토가 정색을 하며 순종 황제를 쳐다봤다.

"그런데 폐하, 폐하께서 꼭 들어주셔야 할 게 있습니다. 황태자의 변고가 세상에 알려져서는 안 될 일입니다. 다른 문제는 우리가 알아서 다 할 것입니다. 다만 이제부터 황태자의 대역을 쓸 것이니 폐하께서는 모르는 체하고 넘어가 주십시오. 황태자 전하께서는 여전히 공식 임무를 차질 없이 수행하고 계시는 걸로 하자는 말씀입니다."

순종 일행은 오찬을 마치고 돌아갔다. 오후 2시 20분이 되자 일본 황태자 일행이 경성 시내에 모습을 드러냈다. 황태자 일행은 덕수궁과 경복궁을 차례로 방문했다. 황태자는 마차 안에서 환호하는 구경꾼들에게 손을 흔들어 답례하기도 했다. 오후 5시 40분, 황태자는 다시 숙소로 돌아왔다. 그리고 숙소에서 꼼짝도 하지 않았다.

남산의 숲 속에서 종다리 울음소리가 들렸다. 때늦은 종달새가 지리 지리 지리리 울고 있었다. 누구를 놀려대기라도 하는 듯, 지리 지리 지리리…….

10월 19일 오후 1시. 한성 여관

　재영이 눈을 떴다. 이어 눈에 들어오는 낯익은 벽과 천장…… 여관방이었다. 온몸이 욱신거렸다.

　"일어나셨소?"

　지명의 목소리였다. 홍지명이 수심 가득한 표정으로 재영을 바라보고 있었다.

　"황태자는 어떻게 됐습니까?"

　"괴한들에게 납치됐소."

　"이럴 때가 아닙니다. 어서 찾아야 합니다."

　지명은 그런 재영의 모습이 자꾸만 안타깝고 또 안쓰러웠다.

　"이보시오. 아무리 임무가 막중하다 하나 본인의 몸도 생각해야지 않소. 아까 잠들었을 때, 열도 심하고 헛소리까지 하더이다. 그러다 정말 큰 병이라도 나면 어쩌려고……."

　재영은 간신히 몸을 일으켰다. 끙 하는 소리가 저절로 나왔다.

　"아니, 저는 괜찮습니다. 어서 본부로 가봐야겠습니다."

　지명이 그녀의 어깨를 잡으며 만류했다.

　"그대는 좀 더 쉬시오. 제발! 일의 사정은 내가 알아보리다."

150

"아니요. 그럴 수는 없어요."

재영이 어깨에 올린 지명의 손을 뿌리치려는데 오히려 지명이 재영의 손을 잡았다. 잠깐이었지만 두 사람 사이에 어색한 정적이 흘렀다. 지명은 잡았던 재영의 손을 놓으면서 재영의 눈을 안타까운 표정으로 바라보았다.

"황태자와 함께 있던 그대를 보았소. 내가 잘못 보았는지 모르겠으나, 그대의 표정은 우울한 듯 그늘이 져 있었소. 그곳에서 무슨 일이 있었던 게요?"

재영은 지명의 눈을 잠깐 마주쳤으나 이내 그의 눈길을 피했다.

"무슨 일이라니요? 저는 오직 주어진 임무만 수행할 뿐입니다. 다른 건 어찌 되든 상관없습니다. 그게 저한테 주어진 운명이고 숙명일 따름입니다."

지명은 씁쓸하게 웃었다.

"그래요? 그럴 수도 있겠지요. 조선의 백성이라면 누군들 지금의 이 운명을, 숙명을 피할 수 있겠소. 하지만 말이오. 내가 이런 말을 할 자격이 있는지 모르겠지만, 그래도 이 말만은 꼭 해야 할 것 같소. 나는 그대가 이제 이런 험한 일에서 벗어나 다른 여인들처럼 그저 평범하게 그렇게 살았으면 좋겠소.”

"평범한 삶이라 하셨나요? 저에게 평범한 삶은 없습니다. 이미 오래전에
모두 산산조각이 났지요. 그때 이미 저는 죽었습니다. 저는 지금 살아도 산
것이 아닌 목숨, 몸은 살아 있을지 모르나 정신은 이미 오래전에 죽은 목숨
입니다. 그러니 평범한 삶은 내게 더 이상 불가능합니다.”

"그래요. 그만합시다. 내가 괜한 소릴 한 모양이오.”

지명이 재영을 뒤로 한 채 먼저 방을 나갔다. 재영은 지명의 뒷모습을 보
면서 문득 그가 자기만큼이나 안쓰럽다는 생각이 들었다. 그것은 단순한 측
은지심이 아닌 좀 더 복잡한 감정이었는데, 재영 스스로도 설명할 수 없는
그런 감정이었다. 이상한 일이었다. 재영은 지명을 처음 만났을 때부터 딱
히 설명할 수 없지만 묘한 감정을 느꼈었다. 기억에도 가물가물하지만 한없
이 포근했던 아비의 품이랄까. 한 번도 만난 적 없었는데, 왠지 언젠가 그와
행복한 날을 함께했었던 것 같은 기시감이랄까. 지금까지 그녀가 만난 사내
들은 전부 이물스럽고 욕망과 욕정으로 가득찬 짐승들뿐이었다. 아니 짐승
만도 못 했다. 그러므로 그들의 목숨을 뺏는 일도 그리 힘들지 않았다. 그런
데 지명은 달랐다. 어쩌면 비비안으로부터 그가 살아온 이야기를 들었던 탓

인지도 몰랐다. 그가 왜 고향을 등지고, 포수의 삶을 버리고, 군인이 되어 전장을 누벼야 했는지. 그가 왜 지금 자기와 같은 임무를 수행하고 있는지. 재영은 지금까지 그런 남자를 한 번도 만난 적이 없었다. 어쩌면 재영의 마음에도 지명이 단순한 동지가 아닌 한 사내로 자리를 잡았는지 모를 일이었다. 상처가 상처를 다스린 것일까. 아픔이 아픔을 포갠 것일까. 재영의 마음은 자꾸만 혼란스러웠다. 이런 감정이 생길 것이라고는 단 한 번도 상상해본 적이 없었다. 돌아보면 재영의 지난한 삶에서 그럴 여유가 어디 있었겠는가.

'만약에 그를 죽여야 하는 상황이 벌어진다면?'

실제로 그런 일이 벌어진다면 그를 죽이지 못할 수도 있을 것 같은 느낌에 재영은 전율했다. 재영은 갑자기 맥이 풀린 듯 다시 자리에 주저앉았다. 몸이 아직 정상이 아닌 듯했다.

여관방 바람벽에는 지명의 총과 그녀가 가져온 사진검이 나란히 세워져 있었다. 정체를 숨기기 위해 헌 옷감으로 둘둘 말려진 총과 검. 주인의 이력이 고스란히 담긴 듯한 두 병기(兵器)가 서로 기댄 채 그 안의 살기를 품고 있었다.

얼마 후 외출했던 지명이 돌아왔다.

"두 조직이 정보를 공유하고 함께 행동하기로 했다 하오. 우리도 함께 움직이라는 지시가 내려왔소."

밤새 어떤 사건이 벌어졌는지 아무것도 모르는 듯, 아니 아예 어떤 사건도 벌어지지 않은 듯, 한성의 거리 풍경은 여느 때처럼 자연스럽고 태평했다. 여기 저기 일본인들이 붙여놓은 일본 황태자 환영 현수막들 사이를 두 사람은 한 쌍의 부부처럼 자연스럽게 걸어갔다. 아니 누가 봐도 한 쌍의 원앙 같은 틀림없는 부부였다.

그야말로 천고마비(天高馬肥)의 계절이었다. 청잣빛 하늘은 구름 한 점 없이 푸르렀고, 한낮의 태양은 무심히 한성의 거리 곳곳을 환히 비추고 있었다. 조선의 대명천지(大明天地)가 그늘 한 점 없이 환한 듯 보였다.

10월 19일 오후 2시. 명월관

"생각보다 잘 버티는군."

호접란은 혀를 내둘렀다. 덩치가 곰 같은 러시아 사내가 벌써 두 시간째 매질과 고문을 견뎌내고 있었다. 얼굴은 피로 물들었고 몸뚱이도 어느 하나 성한 곳이 없었지만 사내는 도무지 입을 열지 않았다.

"물러서게. 내가 해보겠네."

비비안이 나섰다. 그녀는 품에서 가죽으로 된 침통을 꺼냈다. 침통을 열 자 기다란 침들이 은빛으로 반짝거렸다.

"이건 병자를 고치고 사람을 살릴 때 쓰는 은침이지. 그런데 반대의 경우 도 있지. 사람을 죽이는 데도 쓰인다네."

그녀는 긴 침 하나를 꺼내더니 사내의 미간에 꽂았다. 순간 엄청난 통증 에 사내는 울부짖었다. 육각봉으로 맞을 때보다 몇 배는 더한 고통이었다.

비비안은 그런 사내의 얼굴을 무표정하게 바라보다가 침을 하나 더 꺼내 더니 이번에는 목 부위에 찔러 넣었다. 사내의 숨이 막히면서 머리의 혈관 이 팽창하기 시작했다.

"황태자는 어디에 있지?"

그런 순간에도 파블로프는 버텼다. 금방이라도 심장이 터지고 숨이 막혀 죽을 것 같았지만 놀랍게도 그 엄청난 고통을 버티고 있었다. 그는 겉으로는 외교관 신분이었지만, 실제로는 특수 훈련을 받은 러시아 정보 요원이었다.

비비안은 침통의 침을 모두 꺼냈다. 가슴이며 명치며 온몸의 혈이란 혈마다 침이 박혔다. 사내는 온몸이 뒤틀리고 몸속의 혈관들이 미쳐 날뛰는 것 같았다. 배꼽 밑의 혈에 세 치 길이의 은침이 박혔을 때, 파블로프는 겨우 숨만 붙어 있었다. 그런데도 입을 열지는 않았다.

비비안도 놀란 듯했다.

"정말 잘 버티는군. 좋아 이번이 마지막이야. 이번 것을 견딜 수 있다면 내가 손을 들지. 풀어주겠어. 그런데 말이야……."

비비안이 마지막 남은 유난히 가느다란 은침을 꺼내들었다.

"지금까지 고통은 견딜 수 있었을지 모르지만, 이번에는 좀 다를 거야. 이번에는 고통은 별로 없을 테니까. 그런데 말이지, 이 침은 고통 대신 네 거시기를 불구로 만드는 침이거든. 영원히 고칠 수도 없어. 평생 고자로 살아야 한다는 말이야. 알겠어? 너를 죽이지는 않을 거야. 대신 평생 여자를 볼 때마다 후회하게 되겠지."

호접란이 사내의 바지를 벗기고는 덜렁거리는 사내의 물건을 움켜쥐었다.

"자, 이제 이 침을 네 거시기에 찔러 넣을 건데, 잘 생각해야 될 거야. 안 그러면 넌 이 세상에 태어난 걸 후회하게 되겠지."

따끔한 기운이 급소에 느껴졌다. 파블로프는 자신도 모르게 소리쳤다.

"잠깐! 잠깐!"

비비안의 손이 멈추었고, 발가벗겨진 사내는 마침내 굴복했다. 사내는 모든 것을 포기한 듯, 순순히 아는 것을 전부 불기 시작했다.

10월 19일 오후 3시. 아리스가와 대장궁 숙소

　도고 제독은 머리를 단정하게 옆으로 빗어 붙이고 콧수염과 턱수염을 깔끔하게 길렀다. 그는 단정하고 빈틈이 없어 보이는 모습이었다.

　"아무래도 이상합니다."

　아리스가와 대장궁은 고개를 가볍게 끄덕였다.

　"나도 그리 생각합니다. 황태자의 안위가 걸린 문제인데도, 이토 통감은 너무 쉽게 생각하는 것 같소."

　"러시아에게서 입수한 금괴만 해도 그렇습니다. 왜 본국에 보고하지 않았을까요? 혹 그들이 다른 생각을 품고 있는 건 아닌지 의심스럽습니다."

　"그 얘기는…… 그렇다면 제독은 이토가 반역이라도 꾀하고 있다? 그리 생각하는 것이오?"

　"그럴 리가요? 저는 당연히…… 그러니까 저는 이토 통감이 결코 반역자라 생각하지는 않습니다. 다만 뭐랄까, 일본의 장래에 대해 우리와는 다른 계획을 가지고 있는 것이 아닌가 하는 생각이 듭니다."

　아리스가와가 역시 고개를 끄덕였다.

　"나도 실은 제독과 같은 생각이오. 언제부턴가 그는 천황과는 정치적인 면에서 의견을 달리하고 있다는 느낌이 들었거든. 아니 이토의 생각은 천황의 생각과 분명히 다르오."

"지금 황태자 호위를 위해 동원된 육군을 보십시오. 산만하고 우왕좌왕하는 것이 무능하기 이를 데 없지 않습니까? 대일본 제국의 정예 군대라고는 도저히 부를 수 없는 수준이지요. 게다가 그나마 유능한 장군들은 모두 북쪽으로 보냈습니다. 이 또한 이상한 일입니다."

아리스가와가 무거운 표정으로 도고를 바라보았다.

"아무래도 그대가…… 해군이 나서줘야겠소."

도고가 머리를 숙였다.

"그렇지 않아도 이미 정예병들을 제물포에 상륙시키라 해두었습니다. 그들은 해전과 육전에 모두 능한 특수군입니다."

"잘 하셨소. 그리고 이곳에 남은 비밀 호위병들도 제독이 총괄하여 지휘하도록 하시오."

도고가 나가자 아리스가와는 비서를 불렀다.

"황태자는 분명히 요시코와 함께 있을 것이다. 죽지 않았다면 황태자 곁을 지키고 있을 터, 내가 아는 요시코라면 어떤 어려운 상황에 처했다 한들 분명 해결책을 모색할 것이다. 그도 아니면 어떻게 해서든 우리에게 연락을

취할 것이다. 모두 만반의 준비를 하고 대기해라! 방해가 되는 자들은 모두

죽여도 좋다. 설령 그 상대가 이토라 해도 상관없다. 황태자 전하의 안전 귀

환만이 우리의 유일한 목표다."

10월 19일 오후 6시. 조선통감부 이토 집무실

해가 질 무렵 러시아 공사관에서 몇 사람이 조선통감부를 찾았다. 이토의 비서 미나미가 그들을 이토의 집무실로 안내하였다. 그들이 집무실에 들어갔을 때, 이토는 미나미에게 이제부터 집무실 근처로 그 누구도 얼씬 하지 말라는 엄명을 내렸다. 이토의 집무실에는 이제 여섯 명뿐이었다. 회의 탁자를 가운데 두고 이토와 아리스가와 대장궁 그리고 통감 비서 미나미 세 사람과 러시아 공사관 측 세 사람이 마주앉았다. 집무실 바깥은 개미 새끼 한 마리 얼씬거리지 못할 만큼 삼엄한 경계가 펼쳐졌다.

"우리의 요구 조건은 간단합니다. 돈스코이호에서 나온 금괴 상자를 황태자와 맞바꾸자는 것이오. 내일 제물포에서 귀측의 세관선에 금괴를 실어 우리를 출발하게 하면 황태자를 풀어주겠소. 단 일본군의 전함은 반경 십 리 내에 있어서는 안 되오."

"황태자께서는 무사하시오?"

아리스가와 대장궁이 초조한 안색으로 물었다.

"물론입니다. 귀빈 대접은 아니지만 잘 계십니다. 우리가 황태자를 모실 때 같이 있던 시녀 한 명도 함께 모셨지요. 지금 그 시녀의 시중을 아주 잘 받고 있습니다. 그러니 안심하셔도 됩니다."

'역시 요시코가 같이 있군!'

아리스가와가 입속말로 중얼거렸다.

"좋소. 내일 제물포에서 교환하도록 합시다. 귀측의 안전은 조선통감의 자격으로 확실하게 책임지겠소. 물론 당신들도 반드시 황태자 전하의 무사 귀환에 책임을 져야할 것이오."

회담은 그렇게 끝났다. 러시아 대표들이 이토의 집무실을 떠나고, 아리스가와 대장궁을 중심으로 구체적인 실행 계획에 대해 논의가 시작되었을 때였다. 이토가 미나미에게 눈짓을 보냈다. 알아들었다는 듯 미나미는 슬그머니 일어나 집무실을 나가더니, 러시아 측 대표를 서둘러 쫓아갔다.

러시아 측 대표는 마치 기다리고 있었다는 듯한 표정이었다. 미나미는 잠시 숨을 고른 다음 그에게 이토의 말을 전했다.

"아리스가와 대장궁은 황태자를 돌려받는 즉시 그대들을 공격할 것입니다. 세관선으로 일본의 전함을 따돌릴 수는 없지요. 산동반도는커녕 조선 해역도 못 벗어날 겁니다."

"애초의 계획이 아니었던 거요? 그럼 어떻게 하면 좋겠소?"

"출항하자마자 동편의 등대 근처에 배를 세운 다음 우리 측 안내를 받도록 하시오. 바닷가 마을로 해서 육로를 통해 빠져나가도록 준비를 했소. 통감부는 한성과 제물포 주변에 경계망을 펴겠지만 서해로 가는 육로는 당신들이 빠져나간 뒤에 막을 것이오."

　"우리가 귀측을 믿어도 되겠소?"

　"물론이오! 우리는 당신들이 일본 대표단이 보는 앞에서 황태자를 죽이는 것으로 만족하오."

10월 19일 밤 9시. 주안 염전

바다에서 불어오는 가을바람은 차가웠다. 어둠이 내린 3천여 평의 소금 밭은 불빛 한 점 없어 황량하고 을씨년스러웠다. 일본이 조선에서 천일염을 만들기 위해 시험적으로 처음 조성한 주안 염전이었다. 염전 한쪽으로 어둠 속에서 희미하게 보이는 덩그러니 커다란 창고 건물만이 바람이 지나갈 때마다 삐걱거리는 소리를 낼 뿐, 사방이 고요한 가운데 어둠이 깔린 염전은 기괴한 느낌까지 주었다. 인부들은 이미 퇴근한 지 오래되었고, 염전은 텅 비어 있었다. 아니 숙직 겸 경비를 서는 사람이 한 명 있었으나 아까부터 보이지 않았다. 나무로 지은 염전의 창고는 불빛 한 점 없이 어두컴컴했다.

그런데 그런 어둠 속에서, 아니 어둠을 틈타 미끄러지듯 움직이는 무리가 있었다. 난쟁이와 삼십여 명 정도 되는 사람들, 바로 청방의 잔당들이었다.

"너무 조용한데? 이곳이 틀림없겠지?"

당인이 재차 확인했다.

"이쪽으로 러시아 놈들이 들어가는 걸 분명히 봤다고 합니다."

"건물을 포위해라! 그런 뒤 진입하겠다!"

그들은 신속하게 흩어졌다.

164

"요네다! 우리는 문으로 들어간다!"

두 사람은 눈빛을 교환하더니 출입구 쪽으로 향했다. 육중한 나무문이 안에서 잠겨 있었다. 당인이 품에서 무언가를 꺼냈다. 가늘고 긴 몇 개의 향을 담뱃잎으로 감싼 향 다발이었다. 담뱃잎만 아니라면 그저 흔한 향처럼 보이지만, 실은 맹독 가루를 뭉쳐 만든 독향이었다. 당인이 향에 불을 붙이더니 문 밑 틈으로 밀어 넣었다. 그러고는 요네다에게 얼굴을 가리는 복면을 건넸다.

"이걸 쓰시게. 독으로부터 보호가 될 것이네. 잠시 기다렸다 들어가도록 하지."

일각(一刻)이 채 되지 않아 자욱한 연기가 나무 건물 틈마다 새어나왔다. 연기를 확인한 당인은 품에서 이번에는 작은 칼을 꺼내더니 육중한 나무문의 경첩을 능숙하게 해체했다.

당인이 조금 힘을 가하는가 싶더니 "쿵!" 하는 소리와 함께 문이 넘어갔다. 당인과 요네다는 안으로 신속하게 진입했다.

어둠과 연기가 뒤엉킨 상태였지만 희미하게 얼핏 보이는 창고 내부는 꽤 넓어 보였다. 인기척이 느껴지지 않았다. 그곳에는 아무도 없는 듯했다. 하지만 당인은 느끼고 있었다. 비록 숨을 죽였지만, 여러 사람의 호흡을 느낄 수 있었다. 순간 불이 켜졌다. 소금 가마니들이 쌓여 있는 실내가 드러났다.

"탕! 탕!"

소금 가마니 사이로 총구들이 불을 뿜었다. 러시아인들이었다. 그들은 그곳에 소금 가마니로 진지를 구축하고 있었던 것이다.

"와우! 재미있구만! 칼을 들고 쳐들어오다니!"

창고 한 구석에 마련된 사무실 안에서 니콜라이 파블리첸코는 웃음을 터뜨렸다. 그곳에는 의자에 묶인 일본 황태자와 요시코도 있었다.

"너희들 동양 놈들은 정말 세상을 몰라도 너무 몰라. 이미 총과 대포의 시대가 되었는데 아직도 저 모양이니! 칼이라니? 하하! 총알받이가 될 줄도 모르고 불나방처럼 뛰어들잖아. 섶을 지고 불 속을 뛰어든 꼴이지. 그것도 단 둘이라니! 하하하!"

당인과 요네다는 기둥 뒤에 몸을 숨긴 채 꼼짝도 하지 않았다. 잠시 후 요란했던 총성이 멈췄다. 끝났나 싶어 사무실에서 나온 파블리첸코는 주변을 살피다가 놀라지 않을 수 없었다. 그의 부하들이 목을 움켜쥐고 괴로워하고 있는 것이 아닌가.

"젠장 독이로군!"

파블리첸코는 부하들에게 명을 내렸다.

"어서 모두 옷을 찢어 입과 코를 가리라고 해라."

기침을 심하게 하던 부하 하나가 피를 토하며 쓰러지는 것이 보였다. 그나마 공간이 넓어서 독이 다 퍼지지는 않은 듯, 다시 기력을 찾아 총을 쏘는 부하도 있었다. 그 순간 청방의 무리들이 한꺼번에 들이닥쳤다. 그들은 독으로 이미 신경이 마비된 러시아인들을 상대로 무자비한 공격을 펼치기 시작했다. 비록 몇몇은 러시아인들의 총에 맞아 쓰러지기도 했지만 이미 러시아인들은 속수무책이었다. 파블리첸코가 그렇게 자랑한 신식 총도 청방의 구식 칼 앞에서 별무소용이었다. 복면을 한 요네다는 신속하고 깔끔한 동작으로 러시아인들을 베어 넘겼다. 당인도 줄이 달린 단검 두 자루로 러시아인들의 목을 차례로 꿰뚫었다. 러시아인들은 점점 밀려나 파블리첸코가 있는 사무실 문 앞까지 도착했다. 그 수도 이제 대여섯 명 정도밖에 남지 않았다. 그때였다.

"휙! 휙!" 하며 허공을 가르는 파공음이 들리는가 싶더니 어찌된 일인지 청방의 무리들이 순식간에 쓰러지기 시작했다.

"화살이다!"

화살의 정체는 바로 조선의 특경들이었다. 조선의 특경들이 쓰는 활과 화살은 작고 짧았지만 정확했다. 청방의 고수들도 피하기 어려운 엄청난 속도로 화살이 날아들었다.

"안 되겠다. 우리는 대피한다."

파블리첸코는 화살이 날아들고 청방의 무리가 우왕좌왕하는 사이에 두 명의 부하와 함께 인질들을 데리고 소금창고를 빠져나왔다. 아직 남아 싸우고 있는 부하들을 버려둔 채였다.

"이쪽으로!"

파블리첸코가 미리 마차를 준비해 둔 곳으로 신속하게 이동했다. 하지만 그곳에는 대기하고 있어야 할 부하들 대신 몇 명의 복면을 쓴 괴한들이 있었다.

"누구냐?"

순간 괴한 중 한 명의 손에서 총이 불을 뿜었고 파블리첸코의 옆에 있던 부하 두 명이 연속해서 쓰러졌다. 그 순간 또 다른 괴한 하나가 눈 깜작할 새

168

에 파블리첸코의 목에 비수를 내밀었다.

총을 쏜 자는 홍지명이고 비수를 내민 자는 민재영이었다. 두 사람은 수국부녀회의 정보를 받아서 동원 가능한 익문사의 몇 사람과 함께 급히 이곳으로 달려온 것이었다.

두 사람이 눈빛을 교환하는가 싶더니 지명이 파블리첸코의 뒤통수를 개머리판으로 내리쳤다. 파블리첸코는 마치 벼락 맞은 고목처럼 쓰러졌다.

"이랴!"

채찍 소리와 함께 어둠 속에서 마차가 달리기 시작했다.

"어서 이 줄을 풀지 못하겠느냐?"

마차가 덜컹거리며 요동치는 덕에 입마개가 풀린 요시코가 외쳤다. 하지만 지명이 곧바로 요시코의 입을 다시 막았다.

"너희들을 어찌 처리할지는 내 아직 결정하지 못했으니 얌전히 있거라."

그러자 황태자가 요시코에게 가만히 있으라는 눈짓을 보냈다. 그러고는 민재영을 바라보았다. 머리를 뒤로 묶고 활동하기 편하게 소매를 묶은 그녀의 모습을 바라보는 황태자의 눈빛이 조금은 서늘했다. 무슨 말을 하려는 듯 보였지만, 재갈을 물린 탓에 알 수는 없었다. 재영은 그런 황태자와 시선이 마주치지 않으려는 듯했다.

"일단 서해안 쪽으로 가야 할 것입니다. 경성 쪽으로는 일본군의 검문이 심하다 합니다."

재영의 말에 지명이 고개를 끄덕여 동의했다.

"안산 쪽에 우리 지부가 있으니 그리로 갑시다."

그들 외에 마부석에 두 사람이 더 있었다. 마차는 안산을 향해 속력을 내기 시작했다. 별빛이 바닷바람에 흔들리는 밤이었다.

지명은 차가운 눈으로 포로로 잡은 두 사람을 응시했다. 특히 황태자의 모습을 차갑게 바라보는 그의 눈은 용암처럼 부글거렸다. 당장이라도 그를 죽여 목을 베어 장대에 걸어놓고 싶었다. 그리고 조선인의 원한을 갚았음을 만장에 고하노라! 하고 쓰고 싶었다. 원수의 목을 치고 그 앞에서 장렬하게 죽는 것이 그의 숙원이었다.

지금이라도 맘만 먹으면 그렇게 할 수 있었다. 황태자를 바라보던 그의 손이 떨렸다. 지명의 표정을 보면서 황태자는 그에게서 살기를 느꼈다. 요시코도 그런 지명의 살기를 느꼈는지 황태자로 향한 지명의 시선을 막으려 몸을 틀었다. 지명의 손이 칼집을 향하려는 순간, 그때였다. 재영이 지명의 손을 잡았다. 지명은 마치 감전이라도 된 것처럼 재영의 온기가 손등을 타고 전신으로 흐르는 것을 느꼈다. 지명은 애써 태연한 척 재영을 바라보았다.

재영은 지명의 손을 잡은 채 지명의 품에 기댔다.

"그러지 마세요. 우리는 황명을 따라야 합니다."

그녀가 속삭였다. 그런데 묘한 일이었다. 그러면 그럴수록 지명은 황태자를 죽이고 싶다는 생각이 더욱 간절해지는 것이었다.

"누구냐!"

말이 놀란 듯 히힝 소리가 요란하다 싶더니 마차가 덜컹하며 급하게 멈췄다. 염전 지대를 벗어난 듯했는데 길을 막는 무리들이 있었다. 그것은 일본군이었다. 수십 명의 일본군이 길을 막고 있었다.

"우리는 대일본 제국 수륙작전대다! 마차 안에는 누가 있느냐? 어서 나와라!"

장교로 보이는 맨 앞의 사내가 외쳤다. 그들은 일본 육군과는 다른 군복을 입고 있었다. 육군의 황색과 달리 흰색의 군복이었다.

마부석에 앉은 두 사람이 어쩔 줄 몰라 하는데 마차에서 지명이 황태자의 목에 칼을 겨눈 채 내렸다.

"조금이라도 허튼짓을 하면 이놈의 목을 베어버리겠다."

일본군은 크게 놀라 뒤로 물러섰다. 장교가 먼저 무릎을 꿇자 그 뒤의 일본군 모두 무릎을 꿇었다.

"전하를 뵙습니다!"

지명은 그 순간 일본군의 숫자를 세고 있었다. 어림잡아 오십여 명은 족히 되어 보였다. 빠져나가기 쉽지 않겠다는 생각이 들었다.

"이놈들! 우리는 지금 이곳을 벗어나야겠다. 길을 비켜라!"

하지만 일본군 장교는 단호했다.

"그럴 순 없다. 전하를 풀어주지 않으면 너희들 모두 죽일 것이다."

그러자 지명이 크게 웃었다.

"우리가 목숨이 아까워 이러는 줄 아느냐? 네놈들이 이 나라를 침략한 이래 우리는 이미 죽은 목숨이었다."

지명은 칼에 힘을 주었다. 황태자의 목에서 붉은 피가 조금씩 흘렀다

"어쩔 것이냐! 정녕 여기서 끝을 보겠는가?"

황태자의 목에서 피가 흐르자 일본군 장교의 안색이 퍼렇게 질렸다. 뒤에 있던 일본군 무리들도 당황한 듯 보였다. 결코 길을 열지 않겠다는 장교의 말에 자기들끼리 갑론을박하는 모습이었다. 그때였다.

"나무아미타불 관세음보살!"

일본군 뒤에서 기습적으로 나타난 수십여 명의 승려들이 무자비하게 무기를 휘두르며 일본군을 공격하기 시작했다. 황태자에게 집중하느라 미처 뒤를 경계하지 못한 일본군은 허를 찔린 채 허둥거렸다. 이미 근접한 상황이라 총이 소용없었다. 일본군과 승려들의 한바탕 육박전이 시작됐다. 일본군의 총검과 당초승들의 무기가 부딪치면서 들판은 고함과 신음 소리로 뒤덮였다.

"어서 가시오, 시주. 여긴 우리가 막으리다."

지월이 지명에게 외쳤다. 지명은 황태자를 끌고 다시 마차에 올랐다.

"이랴! 이랴!"

마부가 다급하게 말을 몰았다. 몇 번의 총성이 울렸지만, 황태자가 맞을 것을 두려워했는지 더 이상의 총성은 울리지 않았다. 그런데 마차가 자꾸 한쪽으로 쏠리듯 흔들렸다. 출발하고 얼마 지나지 않아 일본군의 사격은 멈쳤지만, 그 전의 사격에 마부석의 두 사람이 총을 맞은 상태였다. 한 사람은 이미 사망하였고, 또 한 사람은 부상을 입은 상황이었다.

마부석의 상황이 심상치 않음을 알아챈 지명이 급히 마부석으로 건너갔다. 한 사람은 이미 마차 밖으로 떨어져 나간 상태였고, 다른 한 사람도 등에 총상을 입은 채 간신히 고삐를 쥐고 있었다.

"조금만 참으시오. 곧 안전한 곳으로 도착할 것입니다."

고삐를 건네받은 지명이 더욱 거세게 마차를 몰았다. 그때였다. 마차 안에서 싸우는 소리가 나더니 문이 열리면서 누군가 한 사람이 짐짝처럼 떨어져 뒹구는 모습이 보였다.

"무슨 일이오?"

그러자 재영이 외쳤다.

"요시코가! 요시코가 달아났습니다."

"그냥 두시오. 시간이 없소."

마차는 흙먼지를 날리며 어둠 속을 전속력으로 계속 달렸다.

요시코는 재영의 주의력이 떨어진 틈을 타 그녀를 밀치고 마차 밖으로 몸을 던졌다. 그 순간에 마차는 엄청난 속도로 달리는 상황이었다. 그 정도 속력에서 뛰어내린다면 웬만한 사람은 목숨을 잃을 수도 있었다. 게다가 요시코는 양손이 결박된 상태였다. 하지만 요시코는 조금도 부상을 입지 않았다. 어릴 때부터 닌자가 되기 위한 혹독한 훈련을 받은 터였다. 이보다 더 극한 상황에서 살아남는 훈련, 이보다 더 극한 상황에서 떨어지는 낙법 훈련을 수도 없이 받았던 그녀에게 이 정도의 낙법은 아무것도 아니었다. 요시코가 네 살 되던 해 그녀의 아버지는 여느 날처럼 요시코를 앞에 앉힌 채 말을 달렸는데, 어느 순간 달리는 말 위에서 그녀를 풀밭으로 던졌다. 요시코는 죽지 않고 살았다. 그것이 요시코가 닌자의 길을 걷게 된 시작이었다.

요시코가 양손의 결박을 풀고 있는 사이 길 저편에서 말발굽 소리가 들려왔다. 일본군이었다. 당초승들의 기습과 거센 저항을 물리치고 남은 이십여 명의 병력이 말을 타고 쫓아온 것이었다. 하지만 앞서 달려간 마차는 이제 보이지 않았다.

"걱정하지 마시오. 내가 손을 써두었소."

요시코가 일본군 장교에게 자신의 손바닥을 보여주는데 반짝이는 모래 같은 것이 묻어 있었다. 그리고 마차가 지나간 길에도 자세히 보면 그 모래들이 드문드문 빛나고 있었다.

얼마나 달렸을까. 이윽고 멀리 다리가 보였다. 그 순간 지명은 마차의 방향을 돌려 하천변으로 마차를 몰기 시작했다. 바다로 빠져나가는 길목의 하천은 말과 마차가 건널 수 있을 만큼 깊이가 얕은 곳이 몇 군데 있었다. 그곳을 찾아서 그렇게 한 바퀴 먼 길을 돌아서 마차는 마침내 목적지에 도착했다. 시골에서 힘 좀 쓴다고 할 만한 크기의 제법 큰 저택이었다.

하지만 그 저택은 이미 오래전에 버려진 집이었다. 몇 해 전에 역병이 돌았을 때 일가족이 전부 죽었고, 그 후 아무도 살지 않았는데, 사람들 사이에서 그 집에 귀신이 떠돈다는 흉흉한 소문이 돌았다. 지금은 유령의 집이라며 환한 대낮에도 사람들이 집은커녕 그 근처에도 결코 얼씬하지 않는 그런 흉가였다.

지명과 재영은 마차를 저택 앞 숲 속에 숨기고 안채로 들어갔다. 부상자의 상처가 깊어 목숨이 위태로웠다.

지명은 파블리첸코는 입에 재갈을 채운 채 헛간에 가두고, 황태자는 사랑방에 가두었다.

"황태자는 돌려보내야 합니다."

재영이 채근했지만 지명은 짐짓 모른 체 다른 곳을 보았다.

"대의를 위한 일이니, 황명을 따라야 합니다."

재영이 자꾸만 보챘다. 하지만 지명은 그러고 싶지 않았다. 재영이 보챌수록 오히려 황태자를 죽이고 싶은 마음이 더 커졌다.

"내가 왜 저자를 살려둬야 하는지 아무리 생각해도 그 이유를 모르겠소. 그리고 당신이 왜 마음을 고쳐먹었는지, 저자를 왜 살리려 하는지도 모르겠고……."

"그런 것이 아니라……."

재영이 무언가 말을 하려다 입을 닫았다. 이 고집 센 사내에겐 지금으로서는 어떤 말도 소용없을 듯했다.

"저자와 무슨 일이 있었던 거요?"

지명이 퉁명스럽게 툭하고 물었다. 재영은 정색을 했다.

"임무를 수행하는 데 있어 문제가 될 일은 없었습니다. 그런데 왜 자꾸 그런 질문을 하시는 건가요?"

"글쎄요. 나도 모르겠소. 내가 왜 이러는지……."

그때였다. 으악! 하는 비명 소리가 울렸다. 다친 동료의 목소리였다. 두 사람은 마루로 뛰쳐나갔다. 그곳에는 부상을 입은 동료가 쓰러져 있었다.

언제 어떻게 여기까지 왔는지 모르지만, 청방의 방주 당인과 그 무리들이었다. 염전에서의 싸움에서 살아남은 잔당들이었다. 그 수가 십여 명이 되어 지명과 재영으로서는 크게 불리한 상황이었다.

"너희들은 바깥을 경계하라!"

당인은 부하들에게 지시를 내리고는 성큼성큼 황태자가 있는 사랑방으로 향했다. 그 순간 재영과 지명이 당인의 앞을 막아섰다.

"비켜라! 너희들에겐 관심 없다!"

하지만 재영은 대답 대신 사진검을 뽑아들었다. 너무 길어 휘청거리는 재영의 검을 보면서 당인은 크크 코웃음을 쳤다.

"그걸로 지금 날 막을 수 있다고 생각하는 것인가?"

그런데 그게 아니었다. 재영이 검을 한 번 휘두르자 놀랍게도 기다란 검은 휘청 하는가 싶더니 당인의 급소를 향해 빠르게 정확히 날아든 것이었다. 당인이 순간 당황하여 비수로 막았지만 검신이 뱀처럼 휘는가 싶더니 손목을 감고는 쭉 뻗어 당인의 가슴에 상처를 입혔다.

"헉!"

그제야 당인은 만만한 상대가 아님을 알아챘다. 당인은 웃음을 거두고 자세를 다시 가다듬었다. 팽팽한 기가 둘 사이에 흐르기 시작했다.

다른 한쪽은 요네다와 지명이 서로 대치하고 있었다. 요네다는 검을 뽑지 않은 채 검집을 치켜들었다.

'발검과 함께 쾌검식이 나오겠구나.'

지명은 이미 알고 있었다. 이미 여러 차례 일본 무사들과의 싸움을 겪어 봤고, 고수라고 하는 자들과도 몇 번 그 합을 겨뤄본 적이 있었기에 지명은 요네다의 검식을 짐작할 수 있었다. 그리고 지명은 지금 한 손에는 총을 한 손에는 검을 들고 있었다.

'승부는 저자의 일 검을 총으로 막고, 동시에 칼로 찌르는 것뿐이다!'

팽팽하게 긴장한 공기가 마루를 덮쳐 금방이라도 폭발할 듯했다.

"탕!"

그 순간이었다. 한 발의 총성이 울렸다. 지명은 어리둥절해졌다. 그곳에 지금 총을 든 사람은 자신밖에 없었는데 또 무슨 총성이란 말인가. 주위를 둘러보니 얼핏 담장 위로 총을 든 여인들이 보였다.

'수국부인회!'

그랬다. 수국부인회에서 지원군이 온 것이었다.

"탕! 탕! 탕! 탕!"

수국부인회의 여인들이 일제히 사격을 해댔다. 경계를 서던 당인의 무리들이 쓰러지기 시작했다. 다시 전세는 역전되었다. 하지만 마루 위의 상황은 그렇지 못했다. 지명은 요네다의 일 검에 가슴을 베이고 쓰러졌다. 총소리가 나던 그 순간, 막고 자시고 할 것 없는 순간에 요네다의 검은 이미 그를 베었던 것이었다. 지명이 쓰러지기 무섭게 요네다는 재영과 당인의 싸움에는 아랑곳하지 않고 곧바로 방안으로 뛰어들었다. 그곳에는 황태자가 묶여 있었다. 요네다는 재빠르게 황태자의 결박을 풀었다.

"신 요네다, 전하를 뵙습니다."

"자네는?"

"전하. 자초지종은 나중에 말씀드릴 테니, 우선 이곳을 빠져나가셔야 합니다."

두 사람은 뒷문을 통해 밖으로 빠져나왔다. 황태자는 오랜 감금으로 답답했던 숨을 한껏 내쉬었다.

"전하!"

그때였다. 어느 틈엔가 요시코가 달려왔다. 뒤늦게 도착한 일본군 기마부대는 안쪽의 인원들과 접전 중이었다.

"그래, 너도 무사했구나."

"이제부터 일본 해군이 전하를 모실 것입니다. 저 또한……."

그때였다. 재영과 대치 중이었던 당인이 어느새 모습을 드러냈다.

"황태자, 너는 무사해서는 안 되지! 넌 내가 반드시 죽여야 해!"

당인은 그러면서 자신의 최고 절기를 펼쳤다. 비수에 묶인 줄을 끊음과 동시에 황태자의 가슴으로 비수 하나를 날린 것이다.

"헉!"

전광석화 같은 속도로 날아든 비수에 다들 몸이 얼어붙었는가 싶었는데, 어느새 요시코가 몸을 돌리며 황태자를 끌어안았다. 날아온 비수는 그녀의 등에 그대로 꽂혔다.

"요시코! 요시코!"

황태자가 축 늘어진 요시코를 끌어안았다.

"전하, 이렇게 전하 품에서 죽습니다. 그걸로 충분합니다. 요시히토……
나의 요시히토……."

"요시코, 죽으면 안 돼!"

"전하, 부디 옥체를 보전하시고…… 제 동생 키요, 키요를……."

그렇게 요시코는 숨을 거두었다. 황태자는 요시코를 수습하려 했으나 그
럴 경황이 아니었다.

이번에는 요네다의 칼이 당인을 향했다. 두 개의 비수 중 하나 밖에 남지
않은 당인은 뒤로 밀려났다. 요네다는 신속한 발놀림으로 황태자의 앞을 가
로막으며 당인의 목을 노렸다.

"여기까지다. 당인! 황태자 전하는 이제 내가 보호할 것이야!"

하늘로 세운 요네다의 칼이 마치 스스로 우는 것처럼 쩌렁쩌렁 소리를
냈다. 하지만 칼의 속도가 결코 총알의 속도를 이길 수는 없는 법. 하늘의 달
마저 베는 그의 칼이었지만, 쾌검보다 더 빠른 속도로 어디선가 총알이 날
아왔다.

"탕!"

요네다는 검을 한 번 휘둘러보지도 못 하고 속절없이 쓰러졌다.

"요네다!"

요시코를 안고 있던 황태자가 이번에는 요네다를 외치며 그 자리에 주저 앉았다.

어둠을 뚫고 날아온 총성. 저격수는 건너편 숲의 나무 위에 숨어 있었다. 그는 다시 황태자를 향해 조준을 했다. 그 순간 탕! 하는 소리가 났다. 쓰러 진 것은 황태자가 아니었다. 오히려 황태자를 겨눴던 저격수가 나무에서 떨 어졌다.

저격수를 향해 누군가 총을 쏜 것이었다. 바로 홍지명이었다. 요네다의 검에 베여 가슴에 피를 흘리고 있었지만, 탄띠를 두르고 있었던 탓에 다행 히 치명상을 피했던 것이었다. 지명이 나무에서 추락한 저격수에게 다가갔 다.

"응?"

그런데 떨어져 죽은 저격수가 이상했다. 조선 사람이 아니라 일본군이었 다. 게다가 그는 지명이 아는 자였다. 처음 신식 군대 훈련을 받을 때 그에게 사격을 가르쳤던 그 교관이었다.

'일본군이 일본 황태자를 저격하려 하다니?'

요시코가 죽고 요네다도 쓰러졌다. 이제 청방의 당인과 황태자 단 둘만 남았다. 당인은 더 이상 도와줄 누구도 없는 고립무원의 황태자를 보며 씁쓸한 표정을 지었다.

"그대 하나 죽이자고 참으로 많은 사람들이 죽었다. 그들 넋을 위로하기 위해서라도 이제 그만 죽어줘야겠다. 부디 잘 가거라!"

당인이 마지막 비수를 던지려 할 때였다. 무언가 당인의 앞을 가로막았다.

"엇!"

부지불식간의 일이라 기가 흐트러진 당인은 그만 비수를 던지지 못했다. 놀랍게도 당인의 눈에 보인 건 요시코였다.

"너, 너는, 분명 내 비수를 맞고 쓰러졌는데 언제 어떻게 다시 살아났단 말인가?"

당황한 당인은 유령을 본 것처럼 소름이 끼쳤다. 천하의 제일고수라 했던 자도 틈을 보이면 소용이 없는가. 요시코의 수리검이 허공을 가르는가 싶더니 기가 흐트러진 순간을 비집고 날아와 당인의 목을 스쳤다.

"헉!"

당인은 목을 부여잡은 채 허무하게 쓰러졌다. 당인을 쓰러뜨린 요시코는 몸을 돌려 황태자를 바라보았다.

"잘 했다. 네가 날 살렸구나!"

조금 전까지만 해도 요시코의 죽음에 오열하고, 요네다의 죽음에 당황해 했던 황태자는 어디로 가고, 지금의 황태자는 이 상황이 그다지 놀랍지 않은 듯 이상하리만치 담담했다.

아수라장을 뚫고 나타난 것은 요시코가 애타게 찾던, 요시코가 황태자에게 안위를 부탁했던, 요시코의 동생 바로 키요였다. 그런데 그녀의 표정이 이상했다. 그녀가 던진 수리검이 이번에는 황태자의 가슴을 향하는 것이었다. 황태자가 급히 몸을 피했지만 어깨에 부상을 입고 말았다. 황태자는 이 상황이 이해가 가질 않았다. 황태자는 뒷걸음을 치며 물었다.

"네가 왜?"

키요는 피를 흘리며 뒷걸음치고 있는 황태자 앞으로 바짝 다가갔다. 코와 코가 맞닿을 것만 같았다.

"말해봐? 내가 누구지? 황태자 전하! 요시히토 황태자 전하!"

"너는, 너는……."

그러자 키요는 깔깔거리며 웃었다.

"알잖아. 나는 키요야! 키요! 그런데 난 단 한 번도 키요로 살지 못했어. 저기 저 쓰러진, 당신이 사랑한 요시코의 그림자였을 뿐이지. 우리 전하께 선 그게 어떤 슬픔인줄 모르겠지? 살아 있어도 살아 있지 않은 자, 사람이 아니라 유령으로 살아야 하는 자, 그게 바로 나였어."

"그것이 네가 타고난 운명인 것을 어쩌겠느냐. 내가 정한 운명이 아닌 것을 어떻게 하겠느냐. 그런데 지금 이건 무슨 짓이냐? 어찌 네가? 도대체 누구의 사주를 받은 것이냐?"

"사주? 사주는 바로 나 키요에게 받았지. 내가 나를 살리기 위해 널 죽이기로 한 것이야. 너를 죽이고 나면 난 유럽으로 떠날 것이다. 유령이 아닌 사람으로 다시 태어나서, 당당한 사람으로서 살아갈 것이야."

잠시 둘 사이에 정적이 흘렀다. 키요의 수리검이 이제 황태자의 눈앞에 있었다.

"그래, 그랬군. 내가 너의 아픔을 미처 몰랐구나. 진즉 보듬어 주었어야 했는데……."

"이제 와서 생각해 주는 척 가증을 떨지 마라. 니 생모 얘기를 꺼냈다고 너는 내 뺨을 갈겼지. 그 조선 년이 보는 앞에서 말이야. 그때 내가 느낀 수치심을 넌 상상이나 할 수 있을까?"

그러면서 키요는 황태자의 다른 쪽 어깨를 푹 하고 찔렀다. 선혈이 분수처럼 솟아올랐다. 황태자의 얼굴이 고통으로 일그러졌지만 키요는 아랑곳하지 않고 말을 계속했다.

"넌 요시코만 여자로 만들었지! 내게는 한 번도, 단 한 번도 눈길조차 주지 않았어. 요시코와 나는 어느 하나 다르지 않은 똑같은 생김새인데, 도대체 왜 그런 거지?"

고통으로 일그러졌던 황태자의 표정이 갑자기 바뀌더니, 마치 어이없다는 표정으로 아예 피식 웃기까지 했다.

"바카야로! 바보 같은 년! 네년의 냄새가 얼마나 역겨운 줄도 모르다니! 네년한테 풍기는 그 역한 냄새를 너 자신은 정말 몰랐더냐? 나는 말이다. 네년의 그 암내가 죽기보다 싫었단 말이다. 짐승 같은 년! 요시코가 죽어가면서까지 너를 부탁한다고 했지만 나는 그럴 생각이 전혀 없었느니라."

순간 키요는 눈이 뒤집혔다. 마지막까지 자신을 모욕하는 황태자가 증오

스러웠다. 도저히 용서할 수가 없었다.

"그랬더냐? 정녕 그런 것이었더냐! 하지만 그거 아느냐? 네놈에게선 영혼이 썩은 냄새가 풍겼었다. 너도 그건 몰랐겠지. 내 이제 와서 너랑 무슨 말을 섞겠느냐? 내 더 이상 아무 말도 묻지도 듣지도 않겠다."

키요는 최후의 일격을 준비했다. 그녀가 수리검을 휘두르는 찰나! 그 순간 뒤에서 스르릉 하는 소리가 들렸다. 키요는 재빨리 몸을 돌려 피하려 했지만 이미 늦었다. 수리검을 든 키요의 손이 잘려진 채 피를 뿌리며 바닥에 나뒹굴었다. 키요의 잘려진 손목에서는 피가 뚝뚝 흘렀다.

"으윽!"

그것은 연검(軟劍)이었다. 휘청휘청하는 검신이 달빛에 반짝였다. 키요는 다른 손으로 바닥에 떨어진 수리검을 다시 움켜잡고 황태자를 향했다. 하지만 이번에는 탕! 하는 소리와 함께 총알이 날아들었다. 총알은 그녀의 이마를 뚫었다. 그녀는 억울한 듯 일그러진 표정으로 황태자의 옷을 잠시 잡아 당겼다가 이내 그대로 바닥에 쓰러졌다.

혼란스럽던 싸움은 정리되었다. 수국부인회는 청방의 잔당들을 처치한

후, 일본군에게 '우리는 황제의 명을 받들어 일본 황태자를 구하려 한 것이니 더 이상 싸울 의사가 없다'는 것을 밝혔다. 비록 부상을 당했으나 황태자가 무사히 구출되었으므로 일본군도 더 이상의 충돌을 피했다.

황태자는 의사가 올 때까지 사랑방에서 쉬었다. 방안에는 재영만 남게 하고 모두 내보낸 상태였다.

"내가 너에게 목숨 빚을 여러 번 졌구나."

황태자의 상처에 붕대를 감고 있는 재영을 바라보면서 황태자가 말했다. 그 순간, 아주 잠깐이지만, 재영의 얼굴에 당황한 기운이 스쳤다.

"그게 무슨? 저는 단지……."

황태자는 재영의 말을 끊고 자신의 말을 이었다.

"너 또한 나를 주색이나 밝히는 병약한 사내로 보았더냐? 나는 네가 자객이라는 것을 이미 알고 있었다. 그날 밤에도 네가 나를 죽이려 했다는 것을 알고 있었다. 다행히 네가 비수를 거두었지. 네가 비수를 끝내 거둔 이유는 내 모르지만, 만약 그날 네가 비수를 꺼냈다면, 실은 네가 먼저 목숨을 잃었을 것이야. 어찌 되었든 그날 너는 나를 한 번 살렸고, 오늘도 또 이렇게 나를 살렸구나. 하하. 너는 어찌 들었는지 모르겠다만, 너를 일본으로 데려가겠다고 한 말은 진심이었느니라. 네 몸에 피어 있는 그 붉은 꽃에 대한 사연도 꼭 듣고 싶었는데…….”

그리고 피범벅이 되어 벗어놓은 자신의 상의를 가져오게 했다.

“일본의 황태자로서 너에게 받은 목숨 빚은 내 잊지 않을 것이야. 그리고 이것은 그 증서가 될 것이다.”

황태자는 상처에서 흐르는 피를 손가락으로 찍어 자신의 옷에 무언가 글을 써서 재영에게 건넸다.

그 사이 지명은 창고로 가서 파블리첸코를 황태자에게 데려왔다. 이 러시아인은 할 말이 많이 남아 있었다. 자신의 목숨을 구하기 위해서 그는 아주 많은 이야기를 들려주어야만 했다.

그리고 이번에는 지명이 황태자에게 말했다.

“목숨을 구해주었으니 이번에는 당신이 좀 도와줘야겠소. 이토를 속이는 일이니, 당신에게도 유익한 일일 것이오. 워낙 그 속을 알 수 없는, 교활한 자라 속이는 일이 결코 만만치는 않을 터. 이번 일은 각별히 조심 또 조심해야 하오. 그리고 당신의 대역은…….”

"그 일이라면 걱정하지 마시오. 나의 대역들은 언제나 죽음을 준비한 자들이오. 이토, 그자의 얼굴이 벌써부터 궁금해지는걸! 하하!"

10월 20일 오전 10시. 경성

황태자가 모든 일정을 마치고 드디어 귀국 길에 나섰다. 화려한 제복을 갖춘 기마 부대가 선두에 서고 황태자가 탄 마차와 고관들의 마차가 뒤를 이으며 흰 모래가 깔린 길을 지나갔다. 남대문 기차역에 도착하자 순종 황제가 대한제국의 고관들을 거느리고 배웅을 했다. 군대가 기미가요(君が代)를 연주하는 가운데 일본 황태자가 탄 열차는 제물포를 향해 출발했다.

안개가 걷힌 가을 하늘은 구름 한 점 없이 파랬다. 멀리 기차가 뿜어내는 연기를 바라보며 담배를 꺼내 문 한 사내와 양산을 든 한 여자. 홍 상은과 비비안이었다.

"폐하의 뜻대로 모든 것이 이루어질 수 있을까요?"

"역사가 하는 일입니다. 진인사대천명(盡人事待天命)이라 했으니, 폐하로서도 그저 지켜보는 수밖에요."

7부. 이야기는 계속 된다

10월 20일 낮 12시. 제물포 세관 전용 부두

"왜 아직도 안 오는 건가?"

아리스가와 대장궁이 초조하게 물었다.

"올 것입니다. 이 금괴를 포기하진 않겠지요."

이토 히로부미가 자신 있게 대답했다.

그때 검은 마차가 부두 저편에서 모습을 드러냈다. 그리고 일본 측 일행이 서 있는 반대편 접안장에 멈춰 섰다. 마차에서 내리고 있는 사람들이 보였다. 검은 복면으로 얼굴을 가린 러시아인들과 황태자였다. 황대자는 복장으로 보아 황태자임에는 틀림없었지만, 검은 천으로 된 보자기를 씌워서 얼굴을 확인할 수는 없었다.

"전하의 얼굴을 보여라!"

아리스가와가 소리쳤다. 그러자 러시아인 한 명이 자신의 복면을 벗었다. 파블리첸코였다.

"그렇게는 안 되지. 배가 먼저다!"

그러자 이토가 신호를 보냈다. 기다렸다는 듯이 세관에서 제일 빠른 쾌속선이 그들에게로 접근했다.

"잠깐 기다려라!"

파블리첸코는 부하 몇 명과 함께 배로 올라가 아무도 없는지 상태를 확인했다. 세 개의 커다란 상자에 실린 금괴 역시 뚜껑을 열어 이상 유무를 확인하였다.

"확인했으면 어서 전하를 보내라!"

아리스가와가 애가 탄 듯 소리쳤다. 하지만 파블리첸코는 배를 확인한 후에도 황태자를 보내주지 않았다.

"너희들이 매복을 하지 않았다는 것을 어찌 확인할 수 있겠느냐. 일단 부두를 벗어난 뒤 매복이 없는 것을 확인하면 등대 앞에서 구명선에 태워 보내겠다."

"저런 무도한 놈들!"

아리스가와는 답답했지만 어쩔 도리가 없었다.

러시아인들과 황태자를 실은 쾌속선이 부두를 벗어나 바다로 향하기 시작했다. 이윽고 등대 앞에 다다르자 구명보트가 내려졌다. 황태자가 타는 모습이 보였다. 그런데 그게 전부가 아니었다. 갑판 위로 파블리첸코의 모습이 보였다. 그러더니 그가 일본 측을 향해 외치는 것이었다.

"러시아 만세!"

"탕! 탕! 탕!"

만세 소리와 함께 총소리가 들렸다. 파블리첸코가 황태자에게 권총을 발사한 것이었다. 세 발의 총탄 소리와 함께 황태자가 쓰러지는 모습이 보였다. 즉사한 듯 보였다.

"저럴 수가! 저, 저런!"

일본 측의 모두가 경악하는 가운데 쾌속선은 바다 너머로 유유히 사라졌다. 아리스가와가 서둘러 구명보트로 배를 보내라 지시했지만, 일본인들은 완전히 공황 상태였다. 울음을 터트리는 자도 많았다. 하지만 그 와중에도 이토는 무표정하게 서 있었다.

구명보트에서 인양한 황태자의 시신을 극비리에 태자함으로 옮기는 작업이 시작되었을 때, 기차를 타고 온 가짜 황태자는 환영 인파 속에서 성대한 행사를 치르고 있었다. 각 함에서는 축포를 쏘아 제물포는 온 사방이 포성으로 진동했다. 이윽고 태자의 행렬이 가토리 함으로 승선했고, 마지막으로 이토가 황태자에게 배웅 인사를 전하기 위해 함에 올랐다.

이토로서는 많은 사람들이 아직 보고 있기 때문에 형식을 갖춰야 했고, 아무리 대역이라 해도 황태자에게 공손한 모습을 보여야 했다.

"전하, 그럼 좋은 귀국길이 되시기 바랍니다."

이토가 말하자 황태자 대역이 활짝 웃으며 답례했다.

"정말이지 아주 대단한 여행이었소, 통감."

그 순간 이토는 잠깐이지만 뭔가 꺼림칙한 느낌을 받았다. '이상하다. 대역이 이렇게 완벽할 수가 있나?' 황태자의 죽음을 분명히 확인했는데, 이토는 눈앞에 서 있는 이 사내가 문득 가짜가 아닌 것 같다는 느낌이 마음에 걸렸다.

"그대의 넘치는 배려로 내 처음으로 목숨까지 걸고 말을 달렸다오. 훗날다시 봅시다."

그때 이토는 황태자 대역 옆에 있던 아리스가와 대장궁과 도고 제독의 얼굴에 웃음기가 도는 것을 보았다. 이 상황에서 웃음이라니? 이토는 못내찜찜했지만 그렇다고 처음부터 모든 것을 확인할 수 있는 상황도 아니었다.

함대는 떠났다. 진해만을 거쳐 일본으로 가는 여정이었다. 제물포 부두에 멍하니 서서 이토는 머리를 절레절레 흔들었다. 그때 비서 미나미가 달려왔다.

"분부하신 대로 서해로 가는 검문은 늦췄다가 조금 전에 병력을 배치했습니다."

하지만 이토가 대답이 없자 미나미가 의아한 듯 바라보았다.

"다 잃었군. 사람도 재물도 내일의 희망도……."

이토가 힘없이 중얼거렸다.

그 시간 쾌속선은 해안으로 상륙했다. 작은 배여서 부두가 아니어도 정박이 가능했다. 두 대의 마차가 대기 중이었다.

파블리첸코와 민재영 그리고 홍지명은 복면을 벗고 인사를 나누었다. 그리고 서로 다른 마차를 타고 떠났다.

1909년 10월 25일 밤 9시. 하얼빈

아직 가을인데 북국(北國)의 밤은 조선의 겨울만큼이나 쌀쌀했다. 안중근은 권총을 분해하여 하나하나 천천히 소제하면서 깊은 생각에 잠겼다. 이제 내일이면 이토 히로부미를 만날 것이었다. 그는 이토를 암살할 예정이었다.

1909년 3월 2일 노브키에프스크에서 그는 단지동맹(斷指同盟)을 결성했다. 함께 의병으로 싸우던 12명의 동지들이 모여 손가락을 잘라 맹세하는 비밀 결사 조직을 만들었던 것이다. 그때 그들은 조선 강제 합병의 주역인 이토 히로부미를 암살하기로 하였다. 만약 3년 내에 이를 이루지 못하면 모두 자살할 것을 결의했다. 배수의 진을 친 것이었다.

이토 히로부미 암살. 그것은 단순히 대한제국을 병탄한 원흉을 죽이려는 데 목적이 있지 않았다. 오히려 많은 외신 기자들을 통해 일제의 부당함과 만행을 고발하고 대한제국의 저력을 만천하에 알리는 수단일 뿐이었다. 목적을 달성하기 위해서는 적당한 기회를 기다려야만 했다. 그들은 때를 기다리고 또 기다렸다.

그리고 마침내 그해 9월 블라디보스토크의 교민신문 대동공보(大東共報)를 통해 이토가 러시아의 대장대신(大藏大臣) 코코프체프와 회견하기

200

위하여 만주 하얼빈에 온다는 기사가 실렸다. 드디어 기회가 온 것이었다.

이때부터 암살 작전이 본격적으로 가동되었다. 만약을 대비하여 하얼빈 역과 채가구(茱家構) 역 두 곳을 암살 장소로 정하였다. 하얼빈 역은 안중근이 맡고 채가구 역은 다른 동지가 맡기로 하였다.

안중근이 지금 깊은 생각에 잠긴 것은 아직 해결되지 않은 문제가 있었기 때문이었다. 이토를 암살하는 것보다 하얼빈 역의 일본군 경비를 무사히 뚫고 잠입하는 것이 오히려 더 큰 문제였다. 권총을 지닌 채 경비를 피해 역 안으로 들어가는 것은 불가능한 일이기 때문이었다.

고민이 깊던 그때 그의 방문을 누군가 두드렸다.

"누구요?"

문을 열어보니 아무도 없었다. 그런데 발아래 서류 봉투가 놓여 있었다.

"뭐지?"

문을 닫고 봉투를 열어본 안중근은 크게 놀랐다. 그 봉투 안에는 '하얼빈 역 경비 계획안'이란 제목의 서류가 들어 있었다. 그리고 붉은 줄로 도면에 이토 일행을 영접할 장소와 경비 루트가 표시되어 있었고, 거사를 도와줄 일본인 경관 이름도 있었다.

안중근은 고민에 빠졌다. 이를 믿어야 할 것인가. 하지만 이번 거사는 참으로 우연이라 하기에는 너무 많은 우연이 그를 도왔다. 정보 수집에서부터 무기 구입이며 코코프체프와의 연결까지 마치 뒤에서 누군가 숨어서 손을 쓰는 것이 아닐까 싶을 정도로 일이 착착 풀렸던 것이다.

안중근은 그 문서를 믿기로 했다. 함정이라면 벌써 일경들이 들이닥쳐 체포했을 터였다.

다음날 오전 8시 30분. 어젯밤 받은 문서대로 하얼빈 역 남쪽 개찰구에 도착했다. 신문을 말아 쥔 일본 경관이 보였다.

"날이 흐립니다."

안중근이 약속한 암구호를 사내에게 흘렸다.

"비가 내릴 모양입니다."

사이토 경관이 분명했다. 후일 알게 된 일이지만, 그는 조선인이었다. 사이토 경관이 붉은 완장 하나를 안중근에게 건넸다.

"이 완장을 차시오. 그렇다 해도 몸수색을 피할 수는 없으니 총은 내게 건

202

네주시오. 이따가 이토 일행이 도착하면 내가 신문지와 함께 다시 건네줄
것이오. 반드시 임무를 완수하기 바라오."

몸수색을 마친 안중근이 이토 일행이 도착할 장소에 도착했을 때 아직
이토 일행은 도착하지 않았다. 안중근은 도열한 의장대 반대편 언론사 기자
들 사이에 자리를 잡았다. 그 뒤로는 일본의 경비대와 러시아의 경찰들이
겹겹이 에워싸고 있었다. 일본인 경관 하나가 기자들 사이로 다가왔다. 사
이토였다. 안중근에게 신문 뭉치 하나를 스치듯 건네고는 의장대 쪽으로 바
삐 걸음을 옮겼다.

모든 준비는 끝났다. 마침내 이토 일행이 도착했다. 오전 9시 40분 경 안
중근은 권총을 꺼내 의장대 사열을 받던 이토 히로부미를 향해 방아쇠를 당
겼다.

"탕! 탕! 탕! 탕! 탕! 탕! 탕! 탕!"

여덟 발의 총알이 발사되었다. 안중근의 총알은 이토 히로부미의 가슴과
옆구리와 복부를 뚫었고, 하얼빈 총영사과 궁내대신 비서관 모리 그리고 만
주 철도회사 이사 다나카에게 중상을 입혔다.

안중근이 "코레아 우라(대한국 만세)"를 큰 소리로 삼창하고 러시아 경찰에 체포되었을 때, 아직 숨이 끊어지지 않았던 이토 히로부미는 삼십 분 후에 마침내 숨을 거두었다. 69세의 노정객(老政客). 일본의 미래를 꿈꾸며 일본의 미래를 위해 조선의 과거와 현재와 미래를 죽이려 했던 자. 일본의 영웅이었으나 조선 침략의 원흉이며 원수였던 자. 마침내 이토 히로부미가 숨을 거둔 것이었다. 그의 죽음이 확인되는 순간 일본으로 한 통의 전보가 날아갔다. 전문은 이렇게 쓰여 있었다.

　"이토 저격 완수"

1910년 2월 5일 오후 5시. 제물포

"빨리, 빨리 서둘러라!"

미나미는 기마경찰대를 다그쳤다. 이번에는 틀림없는 정보였다. 조선의 불순 세력들이 고종 황제의 비자금을 상해로 옮긴다는 첩보가 확인됐던 것이다. 경성에서 출발한 기마경찰대는 바람같이 달려 부두에 도착했다. 그리고 그곳에는 막 출항하려고 하는 배가 하나 있었다. 미나미는 문득 그 배가 어딘지 낯이 익었다.

'어디서 봤더라?'

하지만 지금은 일이 급했다. 배는 선적을 마치고 막 출항하려던 참이었다.

"멈춰라!"

갑판에 뛰어오른 미나미는 소리를 지르며 권총을 꺼내 허공으로 한 발 쏘았다. 사색이 된 선원이 굽신거리며 물었다.

"무슨 일이십니까? 신고도 다 마치고 지금 출항하려는 중입니다."

"어림없는 소리! 화물들을 다 꺼내놓아라. 검색해야겠다."

그때였다.

"무슨 일인가요?"

미나미의 등 뒤로 화사한 여성의 목소리가 들렸다. 돌아보니 푸른 벨벳 공단의 세련된 양장을 차려입은 미인이 양산을 들고 서 있었다. 보기 드문 미인인 데다가 유창한 일본어를 썼기 때문에 미나미는 일단 숨을 돌리고 공손하게 말했다.

"이 배에 불법 화물이 선적됐다는 정보가 입수되었습니다. 검색이 불가 피하겠습니다."

그러자 여인이 웃었다. 붉은 입술에 미소가 번진 모습이 마치 한 폭의 그림처럼 보였다. 미나미는 순간 정신이 아득할 지경이었다.

"이 배는 제가 선주이자 화주입니다. 아무 문제도 없는데, 어서 출항시켜 주시지요."

하지만 미나미는 고집스럽게 고개를 흔들었다.

"그럴 수는 없습니다. 저도 공무를 수행해야 합니다."

여인이 누군가에게 손짓을 했다. 그러자 근육질의 건장한 사내가 가방을 들고 오더니 옷 한 벌을 꺼내 그녀에게 건넸다. 사내가 가방을 내려놓을 때 사내의 옷 사이로 가슴에 칼로 베인 듯한 상처가 문득 비쳤다.

"이걸 보고도 검색을 계속 하실 건가요?"

그것은 피로 얼룩진 제복이었다. 금실로 장식된 그 옷은 한눈에 보기에도 보통 사람이 입는 옷이 아니었다. 아니 미나미는 그 옷의 주인이 누구인지 금방 알 수 있었다. 그 옷의 등 부분에 글씨가 써 있었다. 피로 썼는지 붉은 색이었다.

"나 일본 제국의 황태자 요시히토는 내 목숨을 구해준 은인을 위해 이 글을 남긴다. 이 옷을 가진 사람은 대일본 제국의 공로자이니 나의 신민이라면 누구든 그의 어떤 요청에도 응할 것이며, 편의를 봐줄 것을 명한다."

그리고 글의 말미에는 황태자의 수결이 있었다.

미나미는 고개를 숙였다.
"몰라 뵈었습니다. 죄송합니다. 무례를 용서해 주십시오."
"그럼 출항해도 되나요?"
"물론입니다."

배가 물보라를 일으키며 떠나는 모습을 보면서, 미나미는 그야말로 닭 쫓던 개 신세가 되어 멍하니 서 있었다. 그리고 얼마나 더 그렇게 서 있었을 까 한참이 지났을 무렵, 미나미는 그 배를 어디서 봤는지 그제서야 기억해 낼 수 있었다.

그 배는 돈스코이 호의 금괴를 싣고 달아난 세관의 쾌속선이었다. 비록 색을 다시 칠하고 이름도 바뀌었지만 그의 기억 속에 그 배의 모습은 생생 하게 되살아났다.

미나미는 씁쓸하게 돌아섰다. 도무지 이 항구에서는 좋은 기억이 없었 다.

"돌아간다!"

저 멀리 수평선으로 사라지는 배를 뒤로 한 채, 미나미는 일본 기마경찰 대와 함께 먼지를 날리며 경성을 향해 석양 속을 달리기 시작했다.

제물포의 바다와 하늘을 붉게 물들이며, 뜨거웠던 해가 서서히 지고 있 었다.

부록. 1907년 주요 사건

1월

- 을사늑약에 저항했던 최익현 의병장 사망(1일)

- 평양과 대구측후소에서 기상 관측 시작(1일)

- 러시아 총선 실시

- 대구 갑부 서상돈을 필두로 국채보상운동 전개(29일)

2월

- 미국에서 안창호 귀국

- 일제의 조선통감부 설치 1주년 기념행사

3월

- 일본소학교를 6년간의 의무교육으로 실시

- 도쿄 권업박람회에서 한국인 남녀 2명을 우리 안에 가두어 전시

4월

- 대한제국 소속의 모든 기상 관측소 및 측후소를 통감부 관측소로 흡수 통합(1일)

- 안창호의 발기로 비밀결사단체 신민회(회장 윤치호) 창립

5월

- 국채보상운동 기관지 『대동보』 창간

- 네덜란드 헤이그에서 열린 만국평화회의에 특사(이준, 이상설, 이위종) 파견

- 이토 히로부미의 건의에 따라 이완용 내각 성립(22일)

6월

- 일본과 프랑스 간 협정 체결(10일)

7월

- 이준 열사 순국(14일)

- 고종 강제 퇴위(20일)

- 한일 신협약(정미7조약) 체결(24일)

- 일제, 대한제국 군대 해산령 공포(31일)

8월

- 원주 진위대 장병, 군대 해산에 대한 무장 항쟁 전개(5일)

- 13도 창의군 결성

- 일본군, 강화도 강점(11일)

- 순종의 황제 즉위 및 단발 시행(27일)

- 일제, 경성감옥 건립

9월

- 러시아 및 일본과 통상어업조약 조인(9일)

- 일제, 총포 및 화약류 단속법 공포를 통해 한국인의 총기 소지 금지

- 이인영을 중심으로 전국적 의병 조직 결성

10월

• 경성측후소에서 기상 관측 시작(1일)

• 일제, 대한제국의 경찰권 강탈(9일)

11월

• 박헌정, 이동선 외 7인, 장훈학교(長薰學校) 설립(2일)

• 미국, 파나마 독립 승인(6일)

12월

• 이승훈, 민족의 4대 저항 학교인 정주의 오산학교(伍山學校) 설립(28일)

1910년 대한제국이 일본에게 강제 병합된 후 순종이 폐위되어 이왕(李王)으로 강등되고, 황태자 이은 또한 왕세제로 격하되었다.

1912년 34세의 요시히토가 마침내 일본의 제123대 천황(다이쇼 천황, 大正天皇)에 올랐다.

1916년 대한제국의 황태자 이은의 비를 일본 황족 마사코(이방자, 李方子)로 정했다.

1919년 1월 고종이 승하했다. 하지만 그의 죽음은 여전히 미스터리로 남아 있다. 고종의 죽음은 조선 땅 방방곡곡에서 벌어진 만세운동의 도화선이 되었으며 일본군의 무자비한 학살이 자행되었다.

1920년 훈춘에서 일본군의 조선인 학살 사건이 발생했다.

1921년 의열단 김익상이 조선총독부에 폭탄을 투척했다.

1922년 조선총독부는 조선사 편찬위원회를 설치하여 조선의 역사 왜곡 작업에 본격 착수했다.

1923년 일본 관동 대지진이 발생하였고, 재일 조선인 수천 명이 학살되었다.

1926년 48세의 나이로 다이쇼 천황이 사망했다. 그의 죽음을 지킨 건 그의 친모 나루코였다. 요시히토의 큰아들 히로히토가 제124대 천황(쇼와 천황,昭和天皇)에 올랐다.

1939년 제2차 세계대전이 발발했다. 전쟁은 독일과 이탈리아, 일본의 3국 조약을 근간으로 한 추축국(樞軸國, Axis Powers) 진영과 영국, 프랑스, 미국, 소련, 중국 등을 중심으로 한 연합국(聯合國, Allied Powers) 진영의 대립으로 진행되었다.

1945년 8월 15일 일본 천황의 항복 선언으로 제2차 세계대전이 종결되었다. 8월 20일로 예정되었던 조선 광복군의 국내 진공 작전은 끝내 무산되었다. 자주 독립의 꿈도 물거품이 되었다.

여기까지 소설을 이어갈 수도 있었다.
아쉽지만 미련을 남기기로 했다.

하지만 모르는 일,
어쩌면 여기까지 소설을 이어갈 수도 있겠다.
앞일을 누가 알 수 있겠는가.

지루한 소설을 기꺼이 읽어주신 독자들께 감사의 말씀을 드린다.

2019년 봄날
장루이

장루이 미스터리 픽스토리 제2권
1907 일몰

1판 1쇄 인쇄 2019년 3월 10일
1판 1쇄 발행 2019년 3월 20일

지은이 장루이
발행인 윤미소
발행처 (주)달아실출판사

책임편집 박제영
디자인 전형근
마케팅 배상휘

주소 강원도 춘천시 춘천로 17번길 37, 1층
전화 033-241-7661
팩스 033-241-7662
이메일 dalasilmoongo@naver.com
출판등록 2016년 12월 30일 제494호

ⓒ 장루이, 2019

ISBN 979-11-88710-35-5
ISBN 979-11-88710-30-0